Die meisten Erinnerungen an die alte Zeit sind schöne.
Ob die Zeit so war, ist eine andere Frage,
denn man erinnert sich an die guten Dinge besser
als an die schlechten.

Friedrich Neumann; Herbst 2017

Autor Friedrich Neumann (Kerli) im September 2017

Daten zur Familie Neumann in den Geschichten

Vater Johannes Neumann	07.10.1892 – 02.08.1940
Mutter Hinderike Neumann geb. Gerke	22.05.1897 – 10.09.1984
Heirat Johannes und Hinderike	06.06.1919
Friedrich Neumann (Kerli)	27.03.1925
Wilhelmine Neumann (Mine)	14.04.1921 – 25.12.2013
Bruder Hans Neumann	15.04.1928 – 02.11.2005
Bruder Rolf Neumann	21.02.2030 – 23.08.2006

Damals in Broxten

Geschichten, Anekdoten, Erinnerungen

Friedrich Neumann

Hans-Jürgen Neumann

Impressum:
© 2017 Friedrich Neumann
Bergstr. 27
49179 Ostercappeln
friedrich.neumann1925@yahoo.com
Korrektorat: Hannelore Neumann
Cover-Design: Hans-Jürgen Neumann
unter Verwendung eines Fotos von Hannelore Neumann
Herstellung und Verlag:
BoD – Books on Demand, Norderstedt
ISBN: 9783744882187

Angenehm ist am Gegenwärtigen die Tätigkeit,
am Künftigen die Hoffnung
und am Vergangenen die Erinnerung.

Aristoteles

Vorwort des Koautors

Broxten. Worte mit X haben etwas Geheimnisvolles. Dann wird oft ein Buchstabe übersehen. Oder zwei. Meint er etwa: »Früher als Boxer?« Nein, das ist es nicht. »Ah, ich weiß schon. Früher in der Bronx.« Weit gefehlt. Es heißt tatsächlich Broxten und ist ziemlich genau das Gegenteil von dem New Yorker Stadtteil.

Die Ansammlung verstreuter Höfe und Häuser wird als Bauernschaft bezeichnet und gehört zu Venne, einem Ortsteil von Ostercappeln. Noch keine Idee?

Da geht es Ihnen wie vielen anderen auch. Hier zwischen dem Dümmer See und Osnabrück fanden sich schon die Römer nicht zurecht und blieben im Sumpf stecken. Die Archäologen sind sich ziemlich einig, der Ort der Varusschlacht liegt nur acht Kilometer entfernt bei Kalkriese. Hätte sich Varus die Ortsnamen übersetzen lassen, wäre er vielleicht nicht so ahnungslos in die Falle getappt. Aber die Ortsnamen gab es erst später.

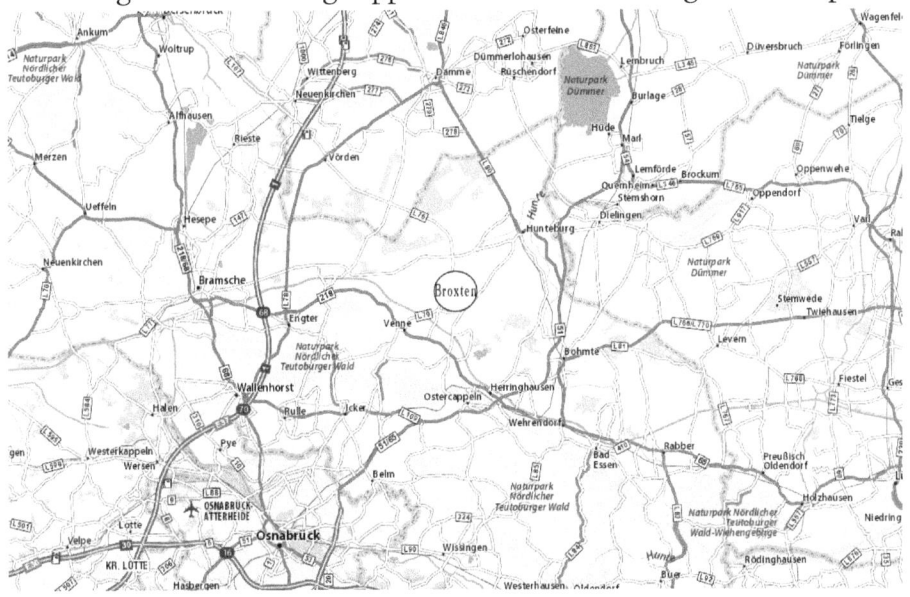

Broxten im Kartenausschnitt aus: www.viamichelin.de

Venne ist die nächste größere Siedlung. Ihr Name steht für die Landschaft: Venn, Fenn, ein morastig-sumpfiger Bereich. Broxten. Zugrunde liegt das niederdeutsche Wort ›brôk‹, Bruch, Sumpf-, Moorland.

Heute wirkt es nicht mehr ganz so matschig wie zur Zeit der Römer. Kultivierung, Entwässerung, Begradigung und Verrohrung von Bächen und Flüssen. Naturschützer bedauern es und das Hochwasser sucht jetzt andere Gebiete heim. Aber immer noch bestimmt die Landwirtschaft das Bild der Gegend. Auch die Gewohnheiten der Menschen haben sich geändert. Aus den Geschichten meines Vaters habe ich entnommen, dass sie sich damals noch besucht haben. Unglaublich. Sogar zu Fuß über vier Kilometer Entfernung. Heute gibt es dafür ja Twitter, Facebook oder WhatsApp. Dann halfen sie sich auch noch gegenseitig. Wurde geschlachtet, bekamen die Nachbarn etwas ab. Der Lehrer im Ort wurde durch Nachbarschaftshilfe unterstützt. »Das möchte ich heute aber nicht mehr«, wollten Sie gerade sagen: »Dafür ist doch der Staat zuständig. Und Hausschlachtungen gibt es sowieso nicht mehr.«

Also doch die gute alte Zeit?

Es waren die Jahre 1922 bis 1838. Sechzehn Jahre lang lebte die Familie des Autors, meines Vaters, in Broxten. Es war die Zeit nach dem Ersten Weltkrieg, Weimarer Republik, Inflation, Wirtschaftskrise. Dann die politischen Unruhen, Nazis, SA, SS, Pogrome. Auf dem Land verlief das unspektakulär. Zu Essen gab es auf dem Land immer genügend. Als erschreckend wurde nur empfunden, dass Tausende von hungernden Arbeitslosen aus dem weit entfernten Ruhrgebiet bis aufs Land kamen. Sie tauschten fast alles gegen Lebensmittel. Wenn sie nichts mehr hatten, bettelten sie. Deshalb war es vorteilhaft, auf dem Land zu wohnen.

Es ist merkwürdig, mein Vater erwähnte es in den Geschichten nie, bis zum Auszug 1838 aus ihrem Haus, dem Schulgebäude in Broxten, hatten sie kein elektrisches Licht. Erst als ich ihn danach fragte, fiel ihm dieses Detail wieder ein. Strom wurde also nicht dringend vermisst. So unwichtig ann technischer Fortschritt sein, wenn das Leben andere Prioritäten setzt.

Dieses Heftchen enthält nicht die Memoiren eines berühmten Mannes. Es ist eine Zusammenstellung des Alltäglichen, der Erinnerungen, Erlebnisse, Anekdoten und dummer Vorfälle. Einige davon waren so wichtig, dass sie im Gedächtnis blieben. Also schmunzeln Sie, ziehen Ihre Stirn in Falten oder schütteln Sie den Kopf, alles ist möglich und erlaubt. Und das Gute ist, es handelt sich um wahre Geschichten aus erster Hand.

Die Älteren werden sagen: »Ja, so war das damals.« Für die junge Generation mag es zum Nachdenken anregen, dass ein Leben auch ohne Fernsehen, Smartphone und Facebook glücklich sein kann.

Die Erlebnisse des Autors gerieten mit diesem Buch jedenfalls nicht in Vergessenheit.

Um die Persönlichkeitsrechte zu achten, wurden einige Namen geändert. Einige Anmerkungen, die mit der Abkürzung "Anm.:" in den Text eingefügt wurden, beleuchten den geschichtlichen Hintergrund, Sie stammen größtenteils aus der freien Enzyklopädie Wikipedia. Die Personenfotos stammen aus den Fotoalben der Familie Neumann. Im Anhang finden Sie einige Daten der in dieser Geschichte vorkommenden Mitglieder der Familie.

Adressfeld einer
Postkarte von 1935
an Rolf Neumann.
Man beachte
die Anschrift.

Vorwort des Autors

Broxten. Dort im Schulhaus am Alten Damm bin ich am 27. März 1925 geboren. Jetzt blicke ich im Alter von zweiundneunzig Jahren auf ein langes Leben zurück. Auch auf meine Jugend in der Gegend. Nur wenige sagen Friedrich oder Fritz zu mir. Schon die Oma nannte mich Kerli. Das war in Ostfriesland, besonders in der Umgebung von Leer eine Bezeichnung für den ersten Sohn. In Broxten war der Name unbekannt, dort wurden die Söhne oft Bubi genannt.

Die meisten Erinnerungen an die alte Zeit sind schöne. Ob die Zeit so war, ist eine andere Frage, denn man erinnert sich an die guten Dinge besser als an die schlechten. Ich habe lange Zeit über die Erlebnisse in der Jugend nachgedacht und wollte sie immer aufschreiben. Dann wurde es doch etwas Modernes, ich sprach in ein Aufnahmegerät. Das konnte ich oft nicht richtig bedienen und dann musste ich das Ganze noch einmal von vorne erzählen. War der Anfang gemacht, wurde es wie eine Sucht und ließ mich nicht mehr los. Die Erinnerungen kehrten zurück, ob ich es wollte oder nicht. Je mehr ich erzählte, desto mehr Dinge fielen mir ein. Erlebnisse, amüsante Anekdoten, aber auch Geschehnisse, über die ich heute anders denke, als damals. Mir wurde vorgeworfen: »Die Geschichte habe ich jetzt schon dreimal gehört.« Das habe ich tatsächlich nicht gemerkt und meinte: »Kann sein, aber dann war sie wichtig.« Die Hilfsbereitschaft der Nachbarschaft, Spielen in der Natur, Schwimmen im Mühlenbach, Freunde, Fußball.

Es ist merkwürdig, das elektrische Licht habe ich damals nicht vermisst. Wer ist heute noch in der Lage, sich nachts eine Kerze anzuzünden, um damit auf die zwanzig Meter entfernte Toilette zu gehen? Es sind nicht nur die fehlenden Alltäglichkeiten, die mich nachdenklich machen, es war auch Nazizeit. Die verschonte mit ihren Auswüchsen selbst so abgelegene Ortschaften wie Venne und Broxten nicht. Ich wollte mich erinnern, suchte ich in alten Kisten nach Bildern und Dokumenten.

Sehr viel war verloren gegangen. Das was ich fand, sah ich lange an. Jedes Mal fiel mir dabei eine neue Geschichte dazu ein.

Heideschule 2017 (Foto: Hannelore Neumann)

Heideschule um 1929; Johannes, Anna, unbekannt, Ricki, Kerli

1: Meine Eltern

Ostfriesen

Alte Fotos aus Leer, Ostfriesland. Ja, stimmt, die Familie stammte überhaupt nicht aus Broxten. Vater und Mutter besaßen im Ort als Ostfriesen sogar einen exotischen Status. Aus diesem Grunde muss ich etwas weiter ausholen und mit den Eltern beginnen.

Mein Vater Johannes, Hans genannt, und sein Bruder waren Vollwaisen. Die Mutter war bei der Geburt des dritten Kindes gestorben. Sein Vater war Lehrer in einem kleinen Dorf in Ostfriesland. Er starb wenige Jahre später an Tuberkulose. Beide Kinder kamen zu ihrem Onkel nach Leerort, der dort Lotse auf der Ems war. In der Freizeit lagen sie mit ihrem Lotsenschiff am Ufer und angelten. Mein Vater berichtete stolz, er wäre nur mit Fisch groß geworden. An Bord musste er bei allem helfen, was anfiel.

Später wollte er wie sein verstorbener Vater Lehrer werden. Dazu wurde eine Aufnahmeprüfung für die Präparandenanstalt nötig. Nur damit durfte er ohne Abitur zur Lehrausbildung.

»Ich habe bestanden! Ich habe bestanden!« Sein Onkel meinte daraufhin: »Das ist nicht gut! Wärst du durchgefallen, könntest du direkt bei mir auf dem Schiff anfangen!«

Oft entscheidet das Schicksal über die Zukunft, er hatte es in die eigene Hand genommen. Doch dann kam der Krieg dazwischen.

Vater im Ersten Weltkrieg

Der Erste Weltkrieg traf auch meinen Vater. Der Militärpass bestätigt seinen Diensteintritt zum 10.2.1915 beim Reserve-Jäger-Bataillon Nr. 10. Es wurden Frankreich, Verdun, dann der Osten und wieder zurück.

Es folgte die Aufnahme in das Lazarett. Am 21.9.2016 in die Heimat entlassen, entziffere ich im Soldbuch, das ich in einem alten Karton auf dem Dachboden gefunden habe. Er nannte niemals den wahren Grund für seine Krankheit, kannte ihn nicht, oder durfte es nicht sagen. Die

Lungenkrankheit, die er seit der Rückkehr aus dem Krieg mit sich schleppte, führte später zu einer vorzeitigen Pensionierung und zum frühen Tod.

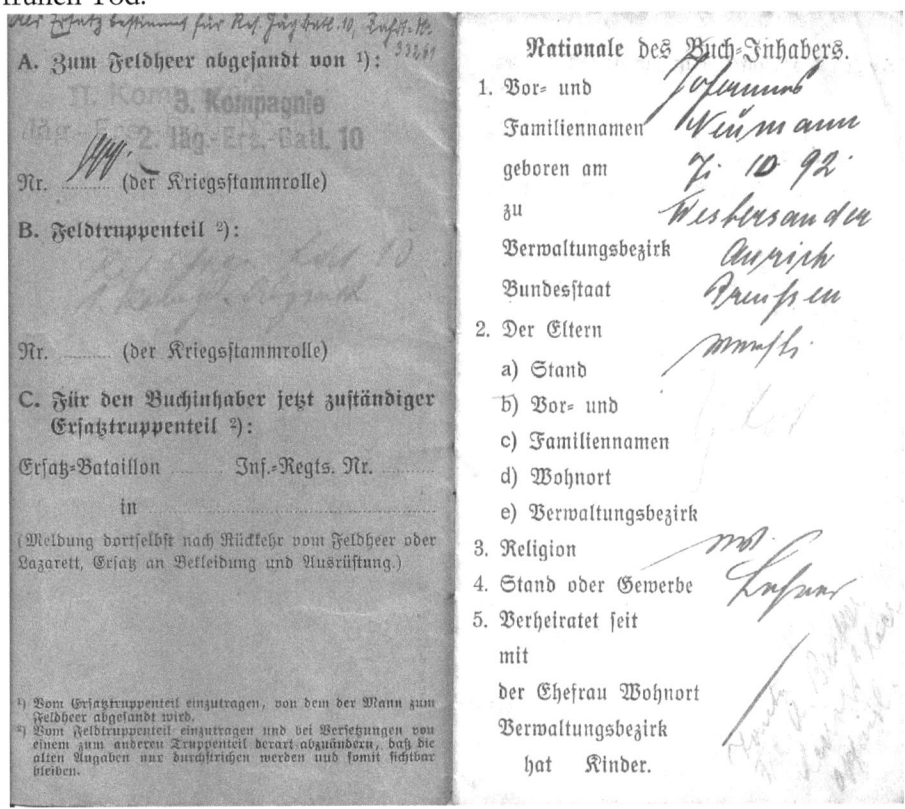

Mein Sohn und Mitautor brachte erst heute den Verdacht auf Verletzung der Lunge durch Giftgas in Frankreich. Denke ich über Vaters versteckten Andeutungen nach, könnte das tatsächlich ein Grund für die Krankheit gewesen sein.

Auszug Soldbuch 21.9.2016

2: Es wird Broxten

Vater beendigte seine Ausbildung 1919 und wurde als Lehrer im Emsland eingestellt.

Ernennungsurkunde Johannes Neumann
vom 13. März 1919
*(Anm.: Man beachte den letzte Satz, mit dem
er aufgefordert wurde: " ... der Ihnen
anvertrauten Jugend ein mustergültiges Vorbild
sein und sich überhaupt so verhalten werden, wie
es sich für einen treuen christlichen Lehrer wohl
ansteht.)*

Mutter war auch aus Leer und er lernte sie dort als junges Mädchen kennen. Als Tochter aus »höherem Haus«, ihre Eltern besaßen eine gut gehende Gastwirtschaft, kam eine Schule in der Stadt nicht infrage. Sie wurde in die Schweiz auf ein Lyzeum geschickt. Als der Erste Weltkrieg ausbrach, riet man ihr dringend, in der Schweiz zu bleiben. Aber die strenge Erziehung dort war nichts für sie. Außerdem hatte sie Heimweh nach Leer und ihrer Familie. Am 6.6.1919 heiratete er meine Mutter Hindericke, genannt Ricki.

Hindericke Neumann geb. Gerke und Johannes Neumann

Damals wie heute, ein junger Lehrer wurde dorthin versetzt, wo Bedarf bestand. Der alte Schulmeister war pensioniert und Vater kam 1922 zur Heideschule nach Broxten. Der Ort sollte für sechzehn Jahre seine und unsere neue Heimat werden. Zu der Zeit hatte noch jeder Ortsteil eine eigene Schule. Es fuhren keine Busse. Die Kinder kamen zu Fuß oder mit dem Rad. Asphaltierte Straßen gab es auch nicht. Es ging über einen Erdweg, »Alter Damm« genannt, oder über die zahlreichen namenlosen

Feldwege. Der Weg vor unserem Haus bekam erst später den Namen »Schulstraße«. Das Schulgebäude gibt es noch. Früher hieß es »Heideschule« und wird heute »Alte Schule« genannt. Die Verwendung als Soziale Einrichtung für Kinder und Jugendliche ist eine würdige Fortsetzung der ehemaligen Funktion.

Die Schülerinnen und Schüler kamen aus einem Umkreis von mehreren Kilometern. Ihre Eltern betrieben nebenher Landwirtschaft oder besaßen einen kleinen Bauernhof. Auf den Wegen gab es tiefe Furchen durch die Ackerwagen und zu beiden Seiten Gräben zur Entwässerung. Hinter den Gräben verlief jeweils ein schmaler Fußpfad. Er war so fest, dass man dort auch mit dem Fahrrad fahren konnte. Den benutzten auch die Schüler. Die Anwohner gingen dort zu Fuß nach Venne zum Einkaufen oder zum Arzt.

Venner Moor (Foto Hannelore Neumann 2017)

Zweimal im Jahr wurde das gesamte Gebiet fast vollständig überschwemmt. Hinter dem Haus schlängelte sich der Mühlenbach, damals war er noch nicht so gradläufig und eingefasst. Er trat bei starken Regen regelmäßig über die Ufer. Deswegen liegt das Haus zwei Meter höher als das umliegende Land. Es gab auch keinen Keller, der wäre voll Wasser gelaufen. Als ›Keller‹ wurde ein angebauter Gebäudeteil bezeichnet. Es bestand aus etwa achtzig Zentimeter dicken Wänden und einem Spitzdach mit Strohbedeckung. An die Mächtigkeit der Wände erinnere ich mich noch, weil man durch die Fenster über einen langen Schacht nach draußen blicken konnte. Daher war der Raum frostsicher. Wir lagerten dort Kartoffeln, Kohl und sonstiges Gemüse ein. Derartige Lebensmittel gab es im Winter nicht so einfach in einem Geschäft zu kaufen und wenn, waren sie teuer.

Nachbarschafshilfe

Ein Lehrer verdiente damals wenig. Er wurde daher notwendigerweise genauso Selbstversorger, wie es die Nachbarn auch waren. Die Gemeinde stellte dazu direkt am Haus zwei Hektar Land zur Verfügung. Die Väter der Schulkinder halfen bei der Landbestellung. Jeder hatte eine Aufgabe. Einer streute Mist, ein anderer pflügte. Weitere Nachbarn übernahmen das Pflanzen von Kartoffeln oder die Aussaat. Sie packten bei der Ernte an, fuhren mit ihren Wagen bis in die Scheune und luden ab.

Die Hilfe und Unterstützung bei der Landwirtschaft war aber nicht alles. Die Bauern gaben auch nach eigener Schlachtung ab, schenkten uns Eier und Lebensmittel. Meinem Vater war nie richtig wohl bei der Sache, in der Weise zusätzlich entlohnt zu werden. Die Nachbarn bestanden jedoch darauf, da es auf dem Land Sitte war.

Aber nicht nur, weil er der Schulmeister war, auch bei anderen Gelegenheiten war es üblich, Lebensmittel zu verschenken. Wurde ein Schwein geschlachtet, bekamen die Nachbarn davon ab. Wurde ein Kind geboren, kamen sie von weit her mit einem Korb voller Wurst, Käse und oft auch mit einem Huhn. Der Weidekorb hing dann über dem gebeugten

Arm. Deswegen wurde dieser Brauch als »Krummer Arm« bezeichnet. »Da kommt wieder eine Frau mit krummem Arm«, wurde dann die Besucherin angekündigt.

Auch zur Schulanmeldung brachten ihm die Eltern der Kinder Wurst und Eier mit. Vater wurde misstrauisch. Er vermutete Einflussnahme und mochte sich darauf nicht einlassen. Als er das anfangs nicht erlaubte und sie wegschickte, stellten sie ihm den vollen Korb einfach vor die Tür. Somit mussten wir die Geschenke dann doch noch annehmen und gewöhnten uns daran.

Haus und Schule

Über eine große Freitreppe gelangte man in unsere Wohnung. Vorne rechts befand sich das Musikzimmer. Darin standen ein Klavier, der Bücherschrank und zwei Sessel. Dieses Zimmer wurde auch für die älteren Schülerinnen und Schüler für den Musikunterricht genutzt. Hier übten sie Lieder ein und Mutter begleitete sie auf dem Klavier. Alle Möbel im Haus hatte mein Vater von einem Schreiner anfertigen lassen. Das Geld dafür hatte er in der Zeit nach der Inflation durch den Verkauf gezüchteter Schweine erwirtschaftet. In dieser schlechten Zeit waren Nahrungsmittel immer noch knapp und er bekam als Erlös das begehrte neue Geld, die Reichsmark. Die Möbel sind heute teilweise noch in meinem Besitz. Hinter der zweiten Tür rechts befand sich das Esszimmer mit Wohnzimmerschrank, Glasvitrine und einem langen Tisch. In unserem Haushalt lebten sieben Personen: Vater, Mutter, Tante Anna, wir drei Kinder und das Hausmädchen. Wenn Gäste kamen, saßen oft bis zu zwölf Personen dort. Geizig war Vater nie, es wurde immer üppig aufgefahren. Deshalb war die Küche auch der größte Raum im Wohnbereich. Dort stand ein Herd, in dem fast ständig Feuer brannte. Vor der Küche gab es einen Vorraum, auch Vorküche oder Durchschlag genannt. Dort befanden sich der große Waschkessel und die Wasserpumpe. Dahinter kam die Diele, in die man durch das Tor mit dem Ackerwagen reinfahren konnte.

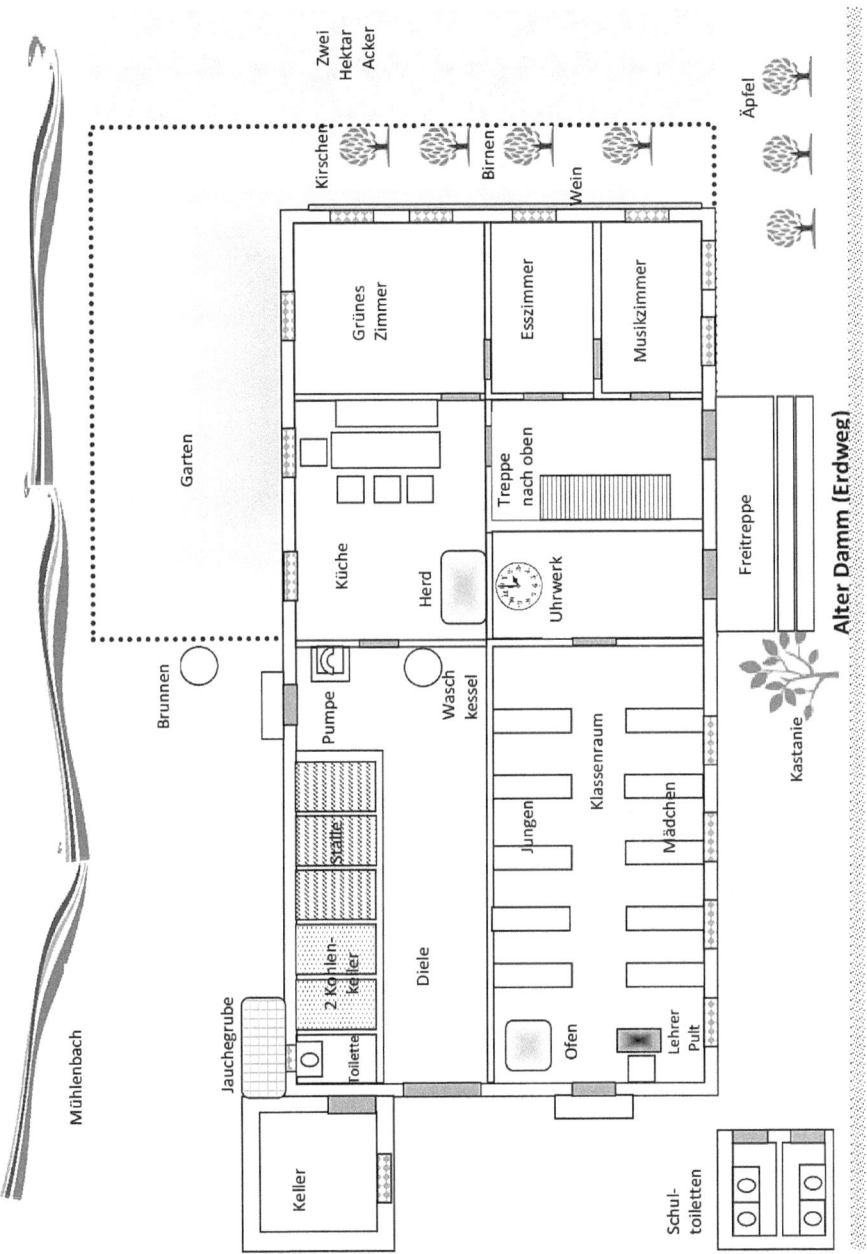

Heideschule in Broxten 1922 bis 1838. Erdgeschoß. Grundriss nach
Erinnerung des Autors ohne Anspruch auf Proportionen.

Die langen Tabakpfeifen

Vater benutzte meistens das »Grüne Zimmer«. Der Name rührte von der Farbe der Möbel. In jedem Raum befand sich zusätzlich ein Ofen. Aber oft wurde außer in der Küche nur im Grünen Zimmer geheizt. Ich sehe es noch bildlich vor mir, Vater saß neben dem Ofen und rauchte eine der langen Tabakpfeifen. Diese Art der Pfeifen ist heute aus der Mode gekommen.

Anna, Anni, Kerli, Hans, Rolf, Ricki, Johannes

Er besaß davon eine Sammlung mit unterschiedlichen Längen. Die Köpfe waren aus Porzellan oder aus Meerschaum. Einige von ihnen habe ich noch lange aufbewahrt, bis wir sie dann doch weggeschmissen haben. Schade, die hätten heute Erinnerungswert. Im Schrank befand sich immer ein Vorrat an Cognac für besondere Gäste oder auch für ihn. Wenn er sich über uns oder andere Dinge aufgeregt hatte, reichte eine halbe Stunde im grünen Zimmer und er war wieder beruhigt.

Schule und Uhrenturm

Auf dem Schulteil des Gebäudes befand sich ein Turm mit einer Turmuhr. Die gibt es heute noch. Sie schlug alle Viertelstunde und das war auf dem flachen Land kilometerweit zu hören. Alle Nachbarn richteten sich nach dieser Zeitansage. Ein Anwohner musste die Uhr alle zwei Wochen aufziehen. Dazu waren schwere Gewichte hochzuziehen. Die Vertretung dafür machte mein Vater, dem ich oft dabei zusah. Somit konnte ich schon als kleiner Junge vom Uhrenraum einen Blick in den Schulraum werfen. Es gab nur einen einzigen Raum für alle Klassen. Links vorne befand sich das Pult, hinter dem der Lehrer seinen Platz hatte. Rechts daneben stand ein großer Ofen mit einem Wandschirm. Dort hängten die Schüler im Winter ihre Jacken zum Trocknen oder Wärmen auf.

Auf der rechten Seite saßen die Jungs in Viererbankreihen. Die Bänke waren so nah an der Wand gerückt, dass alle aufstehen mussten, wenn der hintere Schüler an die Tafel gerufen wurde. Die Plätze der Mädchen lagen gegenüber an der Fensterseite. Alle Kinder und auch ich kamen fast ausschließlich in Holzschuhen. Die sollten alle im Schulraum ausziehen, weil sie sonst während des Unterrichts auf dem Holzfußboden zu viel Lärm machten.

Die Küche

Egal wer kam, auch die Gründe spielten keine Rolle, Besucher wurden immer in die große Küche geführt. Ob Briefträger oder ein Vater, der schulische Dinge klären wollten, alle blieben zum Essen. Damals gab es auch noch wandernde Handwerksburschen, die niemals abgewiesen wurden.

In der Küche tranken die Erwachsenen an einem kleineren Tisch nachmittags Tee. Auf der gegenüberliegenden Seite stand der Küchenherd. Er war riesig, etwa zwei Meter breit und einen Meter tief. Das Feuer brannte ständig. An seiner verchromten Umrandung hingen Handtücher, Socken oder nasse Jacken zum Trocknen. Im Herd war ein Topf mit Wasser eingelassen und zusätzlich stand auf der Platte ein gefüllter Wasserkessel. So hatten wir zu jeder Tageszeit heißes Wasser. Vater bestand darauf, dass wir nur abgekochtes Wasser trinken durften. Das war auch sinnvoll, denn durch das Abwasser und die Jauche konnte auch der Brunnen verunreinigt sein.

Teetrinker

Wenn die Erwachsenen am Nachmittag ihren Tee tranken, wurde uns Kindern in ein Glas heißes Wasser nur wenige Tropfen Tee gegeben. Das ergab eine leichte Braunfärbung. Mein Vater war der Meinung, Kinder dürften keinen Tee trinken, davon bekämen sie »eine schlappe Nase«. Das war sein Begriff für »ungesund«.

Wir waren aber in der gesamten Gegend die Einzigen, die Tee tranken. Für Besucher besaß das einen Hauch von Ostfriesland, auch, wie der Tee zubereitet wurde. Zweimal im Jahr verbrachte die Familie ihre Ferien in Leer, den Heimatort meiner Eltern. Dort wurde auch eingekauft. Natürlich kam nur der echte ostfriesische Bünting Tee infrage. Auch Kandis, in Ostfriesland Kluntje genannt, brachten wir in den Mengen mit, dass es immer bis zum nächsten Urlaub reichte. Nur die Sahne gab es frisch von der Kuh. Sie wurde mit dem Sahnelöffel von der Oberfläche der Vollmilch abgeschöpft und vorsichtig oben auf den Tee in der Tasse gelegt. Umrühren war ein Sakrileg. Selbst der Kandis auf dem Boden durfte nicht angetastet werden. Das machten nur die Einheimischen und ernteten dafür einen vorwurfsvollen Blick meiner Mutter.

Vater zahlt mit Scheck

Auch in alltäglichen Dingen unterschieden sich die Eltern durch ihre Gebräuche von den Einwohnern der Landgemeinden. Ihr Heimatort Leer war für die Landverhältnisse eine Großstadt. Viele ihrer Gewohnheiten wurden misstrauisch beäugt oder als Fortschritt bewundert.

Der wohlhabendste und einflussreichste Mann in Venne war Leinenmeyer. Er besaß dort eine Gastwirtschaft, ein Lebensmittelgeschäft, einen Kohlenhandel und die Sparkasse. Er hatte auch eine ansehnliche Pferdezucht und seine Pferde zogen regelmäßig die Hochzeitskutschen oder den Feuerwehrwagen mit der großen Pumpe. Mein Vater wollte sein Geld nicht im Ort auf der Sparkasse deponieren. Er hatte das Konto bei einer Bank in Osnabrück. Er mochte nicht, dass die Leute über sein Vermögen Bescheid wussten. In solchen Dingen gab es auf dem Dorf keine Geheimnisse. Zu der Bank nach Osnabrück ging er niemals wegen kleinerer Beträge, sondern hatte dafür Reserven im Haus. Größere Summen zahlte er ausschließlich mit Schecks. Die waren im Ort unbekannt und stießen bei den Kaufleuten anfangs auf Skepsis.

Deshalb wurden im Ort nur im Großen eingekauft. Im Leinenmeyers Laden stellten wir den Vorrat für ganze zwei Monate zusammen. Daher wurde der Einkauf zu einem Erlebnis, bei dem ich natürlich auch dabei sein musste. Richtig feierlich wurde der Akt zur Überreichung der Rechnung. Dazu führte uns Leinenmeyer persönlich in einen Nebenraum. Vater bekam eine Zigarre überreicht und wir Kinder eine Tüte Bonbons. Dann erst wurde die handgefertigte Zusammenstellung für die Einkäufe übergeben. Wie bei einer Amtshandlung stellte Vater mit dem Füllfederhalter den Scheck aus.

Einmal gestand ihm Leinenmeyer seine Sorgen: »Herr Neumann, ich habe hier noch einen alten Scheck von Ihnen gefunden. Er ist noch vom vorherigen Jahr. Den bekomme ich bestimmt in Osnabrück nicht mehr eingelöst.«

Mein Vater erklärte generös: »Das ist doch kein Problem, ich stelle ihn einfach neu aus!« Der Vorfall sprach sich im Ort herum und die Schecks wurden dann von allen Läden und auch beim Kohlenkauf akzeptiert.

Das erste Radio

Vater war technisch interessiert. Als Erster besaß er in Broxten ein Radio. Das hieß damals noch Hörfunkempfänger und war ein Gerät mit einer langen Antenne und Kopfhörern anstelle eines Lautsprechers. Einen Stromanschluss hatten wir es nicht. Hinter dem Empfänger standen mehrere große Trockenbatterien, auch Anoden genannt. Die Nachbarn kamen und bestaunten das Wunderwerk. Die beiden Kopfhörer wurden unter den Zuhörern geteilt oder herumgereicht. Jeder durfte sich anhören, was die wenigen zu empfangenen Radiosender brachten. Einer der beliebtesten Sender war der »Deutschlandsender Königs Wusterhausen« bei Berlin, der noch bis 1995 sendete.

Wir Jungs saßen in der Ecke und sahen erstaunt zu, wenn gelacht wurde. Dann wieder wurden die Mienen ernst, oder sie nickten zustimmend. Wir durften jedoch nicht an das kostbare Gerät, konnten weder mithören, noch wussten wir, um was es ging.

Einkaufen in Osnabrück

Zweimal im Jahr fuhren wir nach Osnabrück, um bessere Sachen einzu-kaufen, als es sie in Venne, Hunteburg oder Ostercappeln gab. Mutter ging zum Friseur und wurde neu eingekleidet. Wir bekamen gute Schuhe bei Kündahl, einem großen Schuhgeschäft in der Stadt. Meine alten waren handgefertigte vom Schuster aus Schwagsdorf, dick und schwer. »Die ganze Familie braucht neue Schuhe.« Mit dem Satz wurde Vater Ehren-gast im Geschäft, bekam einen Sessel und die obligatorische Zigarre. Wir durften kostenlos auf dem Elefanten schaukeln. Zwei Verkäufer und der Chef kümmerten sich um uns, bis jeder ein Paar neue Schuhe hatte.

Maisanbau

Vater war auch in der Landwirtschaft, die er ja nebenberuflich betrieb, ein Vorreiter und Vorbild für so manchen Kleinbauern. Die hatten selten eine landwirtschaftliche Ausbildung erhalten. Das Wissen wurde von der älteren Generation an die Söhne weitergegeben. Manchmal standen Tipps oder Vorschläge in der Zeitung, doch die Wenigsten von ihnen mochten unbekannte Wege gehen. Vater war belesen und traute sich, den Vorschlägen aus Büchern und Zeitschriften zu folgen. Er war der Erste in der Region, der Mais anbaute. Der dunkle humushaltige Boden war für Mais gut geeignet und er brachte einen weitaus größeren Ertrag als Roggen oder Weizen. Als die Nachbarn die gute Ernte sahen, versuchten es einige im nächsten Jahr ebenfalls. Mit dem Futtermais konnten das ganze Jahr unsere Hühner und Enten versorgt werden, ohne wertvolles Korn dafür verwenden zu müssen. Auch diese Art der Hühnerzucht wurde von den Nachbarn übernommen. Mein Vater spazierte fast jeden Nachmittag zu einem der Höfe, unterhielt sich mit ihnen, oder beriet sie auch in landwirtschaftlichen Angelegenheiten.

Enten

Wir selbst hatten zwanzig Hühner, dazu noch mehr als zehn Enten, insgesamt mehr Federvieh als jeder Bauer. Ich erinnere mich noch an die merkwürdige Aussage der Nachbarn. Es herrschte die Meinung, Enteneier wären giftig. Die Hühner wurden im Stall mit einem umzäunten Gartenteil gehalten. Die Enten liefen frei auf dem gesamten Gelände herum und kehrten nur abends in ihren Stall zurück. Sie schwammen auch in dem sogenannten Sod, einem offenen Abwasserkanal, der von den Häusern bis in die Wiesen führte. Dort suchten sie auch Futter. Im Sommer war dieser Abwassergraben oft voller Entenkraut und stank nach Abwasser. Den Enten machte das nichts aus. Sie durchwühlten mit ihren Schnäbeln den Graben, der aufgrund des Geruchs und der Farbe kein gesundes Wasser führen konnte.

Danach saßen sie mit ihrem schmutzigen Gefieder auf den Nestern mit den frisch gelegten Eiern. Also mussten sie ja die Bakterien aus dem Kanal in sich tragen. Mein Vater war der Meinung, die Eier wären gekocht durchaus genießbar. Er empfahl, sie nur zum Backen zu nehmen. Die Bauern blieben skeptisch. Von den Hühnern gab es ab Spätherbst keine Eier mehr. Der Grund lag in der langen Dunkelheit, bei der sie nicht fraßen. Sie verloren ihre Federn und hörten auf zu legen. Die Enten waren nicht so empfindlich und legten weiter. Somit hatten wir als einziger Haushalt im Winter frische Enteneier, die wir zum Kuchenbacken verwendeten.

Garten

Wir besaßen einen großen Garten. Der erstreckte sich über die Breite der Lehrerwohnung bis einige Meter vor den Bach. Mittendurch führte ein Weg, an dessen Seiten Johannisbeeren, Stachelbeersträucher und Rhabarber wuchsen. An der Stirnseite des Hauses rankte Wein an einem Spalier empor. Hatte Vater die Reben anfangs noch regelmäßig beschnitten, geriet das später in Vergessenheit. So konnte der Wein bis zum Giebel hochwachsen. Mein Zimmer lag an dieser Giebelseite. Nur so zum Spaß und um nicht aus der Übung zu kommen, benutzte ich Ranken und Spalier und kletterte daran herunter.

Im Garten vor dem Haus wuchsen zwei riesige alte Birnbäume. Einer der Bäume lieferte fast jedes Jahr mehrere Zentner Birnen, die eingemacht wurden. Im Flur stand ein Schrank, der ausschließlich für die Einmachgläser vorgesehen war. Später kochten wir auch in Dosen ein. Am zweiten Baum wuchsen vier verschiedene Sorten Birnen. Ein Vorgänger meines Vaters hatte den Baum gepflanzt und in dieser Weise veredelt. Dann gehörte noch zwei Hektar Ackerland zum Haus. Die erbrachten jedes Jahr ein Fuder Kartoffeln und dann noch Mais. Alles wurde im angebauten Kellerraum gelagert.

Am Wegesrand vor unserem Haus hatte mein Vater eine Reihe Obstbäume gepflanzt. Dort hatten vorher bereits einige gestanden, die jedoch im Eiswinter 1922 erfroren waren. Diese Bäume haben jedes Jahr gut getragen. Direkt neben dem Hauseingang stand ein mächtiger Kastanienbaum. An dem wurden Ankündigungen und wichtige Hinweise der Gemeinde geheftet. Die Schulkinder konnten sie dort lesen und zuhause weitergeben.

Maultiere

Einmal im Jahr lieferte ein Händler aus Ostercappeln Kohlen. Ein Fuhrwerk war für die Beheizung der Schule und das zweite für uns. Die Zugpferde mussten dafür den Wagen durch das Tor auf die Diele ziehen. Mit Schaufeln wurde alles in die vorgesehenen Schuppen befördert. Eines der schweren Fuhrwerke wurde von zwei Pferden gezogen, das andere von zwei Maultieren.

Die waren jedoch stur und wollten absolut nicht durch das Tor gehen. Weder Schläge, noch Zureden und Locken mit Brot brachten etwas. So mussten die Fuhrleute sie ausspannen und die Pferde neu einspannen. Die gingen dann brav durch das Tor in die Diele.

Obwohl die beiden Kohlenschuppen direkt nebeneinanderlagen, bestand mein Vater darauf, dass wir für den Haushalt nur die eigenen benutzen durften.

Kino

Auch das Kinoprogramm in Venne schlugen sie an unserer Kastanie an. Somit waren wir immer gut informiert. Ich war dafür zuständig, die Eltern zu überzeugen, den Kinobesuch zu gestatten. Da die Filme nachmittags liefen, suchten sie ein Programm für die ganze Familie aus.

So gingen wir alle zwei Woche zu Fuß nach Venne. Es gab kein eigenes Kino, es wurde der Saal des Gasthauses genutzt. Zuerst hielt jemand aus der Partei eine wichtige Rede. Meist war es etwas Politisches, das uns Kinder nicht interessierte. Dann folgte ein Kurzfilm und vor dem Hauptfilm gab es eine Pause. Einer der ersten Filme, den ich gesehen habe, war 1936 der Boxkampf von Max Schmeling gegen Joe Louis.

Schmeling gewann in dem Kampf den Weltmeistertitel und das wurde in allen deutschen Kinos gezeigt. Darüber wurde noch lange diskutiert und sogar wir Kinder bekamen patriotische Gefühle.

Einige Tage später hing ein neues Filmplakat an der Kastanie. Mein Bruder Hans flitzte hin. Vater fragte: »Was gibt es denn für einen Film?«

Der kleine Hans stand noch unter dem Eindruck des Boxkampfes und erwartete einen ähnlichen Film. Er gab das wieder, was er gelesen haben wollte: »Pat haut Chon«. Das musste er mehrmals wiederholen, trotzdem wusste niemand, was er meinte. Also sollte ich nachsehen. Der Film hieß »Pat und Patachon«. Der war für den Redner für politische Zwecke nicht zu gebrauchen, sondern etwas zum Lachen.

Schwimmen lernen

Der Mühlenbach verlief etwa hundert Meter hinter unserem Haus in zahlreichen Kurven, unbegradigt und oft wild. Es gab einige Stellen, da wurde der Bachlauf durch gegenüberliegende Bäume eingeengt. Dahinter bildete sich dann eine breite Wasserstelle, die wir Pohl nannten.

Diese Wasserlöcher waren so tief, dass wir Kinder darin nicht stehen konnten. Genau deshalb wurde es zur Mutprobe, von einer Seite auf die andere zu gelangen. Das funktionierte anfangs mit ungelenken Schwimmbewegungen, die wir irgendwo abgeguckt hatten oder uns ausdachten. Ohne fremde Anleitung habe ich so Schwimmen gelernt. Irgendwann reichte der Bach nicht mehr. Wir fuhren mit dem Fahrrad zum drei Kilometer entfernten Mittellandkanal und führten der Dorfjugend aus Venne stolz unsere Schwimmfähigkeiten vor. Im Kanal Schwimmen zu lernen, war zu gefährlich und wurde von den Eltern verboten.

Mühlenbach 2017 bei Venne (renaturiert)
Foto Hannelore Neumann

Hechte fangen

Im Mai kamen die Hechte aus der Hunte in die kleineren Flüsse und Bäche. Sie gelangten sogar hoch bis zu uns in den Mühlenbach. Dort laichten sie. Hinter einer Engstelle im Bach gab es einen besonders großen Pohl. Die Hechte standen bei Niedrigwasser am Eingang und sonnten sich nahe der Oberfläche. Ich schnitzte mir einen drei Meter langen Stock aus Haselnuss. An der Spitze befestigte ich eine acht Zentimeter breite Schlinge aus Rosendraht. Den Hechten musste ich mich vorsichtig nähern. Es durften weder Schritte bemerkbar sein, noch ein Schatten auf das Wasser fallen, sonst verschwanden sie blitzschnell ins Tiefe. Den Stock mit der Schlinge bewegte ich millimeterweise und tauchte ihn vorsichtig ein. Dann war auch noch der Kopf des Fisches einzufädeln. War das geschafft, zog ich mit einem kräftigen Ruck. Mit etwas Glück zog ich so den Hecht an Land. Sie hingen dann an einem Haken am Gerüst, das ich extra dafür aufgebaut hatte. Das Gestell war nicht unbedingt notwendig. Doch alle die vorbeikamen und auch die Jungs aus der Nachbarschaft sollten sehen, was für ein toller Fischer ich war.

An einem Sonntag hatte ich sieben Hechte gefangen.

Mühlenbach 2017. bei Venne links renaturiert, rechts noch begradigt
(Fotos: Hannelore Neumann)

3: Kinderstreiche

Damals wie heute, nichts macht Kindern mehr Spaß, als dumme Streiche zu spielen oder sonstigen Blödsinn zu begehen. Allerdings mussten wir schon aufpassen, rechtzeitig wegzukommen. Wurden wir erwischt, stand eine Tracht Prügel in Aussicht.

Rolf und Kerli 1934

Auf Schiffe pinkeln

Am Kanal war immer etwas los. Es war spannend, den Schiffen zuzugucken. Es gab modernere dieselgetriebene oder auch alte Dampfschiffe. Es kamen vier Schleppkähne, die von einem richtigen Dampfer gezogen wurden. So ein Verband war eine Attraktion. Das sprach sich herum und wir durften uns das nicht entgehen lassen. Der Dampfer hatte einen großen Schornstein, der bei jeder Brücke gekippt und danach wieder aufgerichtet werden musste. Deshalb fuhr er sehr langsam, sodass wir lange zusehen konnten. Prust Bubi und ich standen auf der Brücke und pinkelten von oben auf die Schiffe.

Hans, Rolf,   Kerli, Anni

Das hatten wir schon oft gemacht. Aber die Herausforderung in diesem Fall war zu groß, den offenen Schornstein zu treffen. Sie schimpften zwar oft zu uns herauf, doch noch nie hatte uns jemand erwischt. Diesmal wurde die Sache ernst. Einer der Schiffer war in Venne vom Dampfer gestiegen. Er hatte dort eingekauft und folgte am Kanalpfad dem

Schleppverband mit dem Fahrrad. Er wollte an einer geeigneten Stelle an Bord genommen werden. Er erwischte uns unvorbereitet mit offener Hose. Sofort stellte er sein Rad am Ende der Brücke ab und lief hinter Prust Bubi her. Ich konnte knapp entkommen, doch ihn kriegte er am Kragen zu fassen. Da musste ich meinem Freund helfen und hatte auch eine Idee. Ich schnappte mir das Rad des Schiffers und schrie so laut, sodass er auf mich aufmerksam wurde. Als er zu mir blickte, warf ich sein Fahrrad hinter der Brücke den Hang herunter. Dann musste ich schleunigst zusehen, dass ich wegkam. Er hatte Prust Bubi losgelassen und wollte sein Fahrrad retten, das in den Kanal zu rutschen drohte. So sind wir dann auf unseren Rädern entkommen.

Eimer Wasser

Einen halben Kilometer hinter dem Mühlenbach lagen zwei Bauernhöfe, Gastrup und Schüttelmann. Bauer Gastrup hatte zwei Jungs, einer in meinem Alter, der Bruder drei Jahre älter. Schüttelmann hatte vier Mädchen. Doch mit denen spielten wir nicht.

Wenn ich zu den Freunden wollte, musste ich über den Bach. Die nächste Brücke war mir zu weit. Also nahm ich den dicken Ast am Baum, der direkt am Bach stand. Auf dem balancierte ich, wie ein Seiltänzer. Dann wurde es schwierig, auf den starken Ast der Eiche gegenüber zu wechseln. Auf dem lief ich deutlich schneller, um mich am Baum festhalten zu können. Es wurde mehr ein Gleiten als ein Klettern, um vom Baum nach unten zu gelangen. Danach war ich mächtig stolz über die akrobatische Leistung.

Die Jungs und ich sammelten einen Eimer Eicheln und wollten Schüttelmanns Schweine füttern und dabei zusehen. Wir kippten sie aus und verteilten alles auf dem Boden. Besonders hatten es uns die kleinen Ferkel angetan. Damit die zu ihrem Recht kamen, besorgten wir uns lange Stöcke und vertrieben mit Schlägen die großen Säue. Plötzlich stand Opa Schüttelmanns hinter uns: »Ihr haut meine Schweine? Ich werde euch helfen!« Mit dem Satz kam er den Handstock schwingend auf uns zu.

Natürlich sind wir weggerannt und er hinterher. Er konnte jedoch mit seinen Holzschuhen nicht so schnell laufen, wie wir barfuß. Wir rannten beim Bauer Gastrup auf die Diele, durch die Küche in die Wohnstube, dann ins Schlafzimmer und sprangen von dort aus dem Fenster raus. Gerettet, er konnte nicht hinterher.

Drei Tage später wollten wir den verpassten Spaß mit den kleinen Schweinen, der uns vermiest worden war, nachholen. Doch Opa Schüttelmann lag auf der Lauer. »So, jetzt hab ich euch aber!«

Den Fluchtweg kannten wir ja, ab auf Gastrups Diele. Die Eltern hätten zu der Zeit nicht im Hause sein dürfen, sondern auf dem Feld. Jetzt saßen alle in der Küche. Der Weg war versperrt. Der Älteste der Söhne war auch schon auf dem Dachboden verschwunden. Wir zwei Jungs standen wie zur Salzsäule erstarrt auf der Diele.

Opa Schüttelmann blieb auf der Diele unter der Balkenluke stehen. Er sah uns böse an und fuchtelte mit dem Handstock. Da bekam er von oben einen Eimer Wasser über den Kopf und war pitschnass. Wir kreischten laut und flitzten an ihm vorbei, ehe er sich von dem Schrecken erholen konnte.

Noch lange haben wir uns vor Vergnügen auf die Schenkel geschlagen. Abends kam ich immer noch gut gelaunt nach Hause. Opa Schüttelmann saß in der Küche und unterhielt sich mit Vater. Der fragte mich: »Was habt ihr gemacht?«

»Wir haben nichts gemacht. Wir wollten nur die kleinen Schweinchen füttern. Wir haben die Schweine nicht geschlagen, nur vertrieben, damit die Ferkel was abkriegen!«

»Darum geht es nicht. Wer hat Herrn Schüttelmann den Eimer Wasser über den Kopf geschüttet?«

»Ich war das nicht. Mein Freund auch nicht. Wir standen ja auf der Diele und Herr Schüttelmann hat uns gesehen. Das müssen die größeren Jungs aus dem Dorf gewesen sein. Ich hab die nicht erkannt, aber sie saßen im Wagenschuppen auf dem Ackerwagen und haben sich unterhalten. Aber wer von denen das war, weiß ich nicht. Der mit dem Eimer stand ja oben und wir unten!«

Mein Vater sieht Opa Schüttelmann an: »Tja, was sollen wir jetzt machen? Der Junge kann das ja nicht gewesen sein!«

»Ja, aber er lügt. Er weiß bestimmt, wer das mit dem Eimer war!«

»Aber zu mir hast du gesagt, mein Junge war es. Das kann ja nicht sein, er stand doch auf der Diele! Dann muss es wohl einer aus dem Dorf gewesen sein.«

Es blieb ihm nichts anderes übrig, als mit der Schulter zu zucken und sich zu verabschieden.

Gerade wollte er auf sein Fahrrad steigen, um nach Hause zu fahren, als er die zwei platten Reifen bemerkte.

»Wer war das?«

»Mein Junge kann das ja wieder nicht gewesen sein, er war ja mit uns im Hause!« Ich musste mich stark zusammenreißen, um nicht laut zu lachen. Vater wollte natürlich meinen guten Willen beweisen. Also pumpte ich Schüttelmanns Rad wieder auf. Der guckte mich trotzdem böse an, als er wegfuhr.

Rolf, Hans, Kerli (wilde Spiele)

Entwischt

Eines Nachmittags beim Teetrinken machte ich eine freche Bemerkung, die meinen Vater in Rage versetzte. Als ich sah, dass er den immer bereitstehenden Stock in der Ecke ergriff, rannte ich wie ein Wiesel aus der Küche. Als Rettung suchte ich mir die Toilette aus, vergaß aber vor Schreck, den Verschlusshaken einzuhängen. Vater hämmerte bereits an die Tür: »Mach die Tür auf! Mach sofort die Tür auf!« Da war Eile geboten. Bis er bemerkt hatte, dass die Tür nicht abgeschlossen war, konnte ich durch das kleine Fenster über dem Klo rausklettern. Vater sah nur eine leere Toilette. Auch als er seinen Kopf durch das Fenster steckte, war da niemand. Ich hatte mich in der Zeit vorsichtig heruntergeangelt und war auf dem schmalen Mauersockel gelandet. Von dort konnte ich zur Seite entwischen. Ich rannte durch den Garten und versteckte mich wie oft beim Nachbarn Onkel Hartmann.

Ricki, Wilhelmine (Mine, Kerlis zukünftige Frau), vorne Hans, Rolf, Kerli

Onkel Hartmann wohnte einen knappen Kilometer von uns entfernt und war ein Freund der Familie. Er kam mehrmals in der Woche und trank bei uns Tee. Er half auch im Garten und bei allen Dingen, die so anlagen. Mein Vater achtete seinen Rat. Jedenfalls bekam ich bei Onkel Hartmann, nachdem ich ihm die ganze Geschichte erzählen hatte, ein richtiges Abendessen. Dann begleitete er mich nach Hause. Vater saß im Wohnzimmer. Tante Anna nahm mich sofort in Empfang und brachte mich nach oben ins Schlafzimmer. Dem Vater sollte ich besser nicht unter die Augen treten. Der hatte sich bereits wieder abgeregt und erzählte Hartmann die Geschichten aus seiner Sicht: »Sehe ich den Jungen reinlaufen und als ich reinkam, war er schon durch das Fenster weg!« Vaters Zorn war verraucht. Als er die Geschichte am nächsten Morgen noch einmal erzählte, fühlte ich mich stolz wie ein kleiner Held.

1935 (geschätzt) Mine, unbekannt, Kerli, Hans, Rolf, Ricki

Jauchegrube

Mein jüngerer Bruder Hans hörte die Geschichte auch. Ob er eine ähnliche Verfolgung spannend fand oder auch einmal den Helden spielen wollte, kann ich nicht sagen. Jedenfalls gab er der Tante Anna unvermittelt eine Backpfeife. »Was hast du da gemacht!« Mein Vater sprang auf, schnappte sich den Stock und startete die bekannte Verfolgungsjagd durch die Diele. Mein Bruder war noch etwas kleiner als ich und passte besser durch das Fenster der Toilette. Leider hatte er nicht daran gedacht, sich vorsichtig am Fenster bis zum Mauersockel herunterzulassen. Er sprang von oben herunter und landete auf der Holzabdeckung der darunter befindlichen Jauchegrube. Das morsche Holz hielt den Sprung nicht aus. Hans stand bis zum Bauchnabel in der stinkenden Jauche. Zuerst fanden alle die Sache lustig. Wir standen am Rande der Güllegrube und wollten ihn rausholen. Doch niemand mochte ihn mit den Händen anfassen. Mutter besorgte einen Besen, den wir ihm zureichten. Zu dritt konnten wir Hans am Besenstiel herausziehen. Es half ihm auch keiner, die Kleider auszuziehen und ausgebreitet ins Gras zu legen. Zu groß war die Angst vor der stinkenden Jauche, die immer noch von ihm heruntertropfte.

Rolf, Kerli, Ricki, Hans

So stand er bald vollkommen nackt und schmutzig auf der Wiese. Ich schleppte einen Eimer Wasser nach dem anderen. Tante Anna kippte sie ihm über den Kopf und schrubbte ihn sauber. Dann musste er in die Badewanne und frisch gebadet ab ins Bett.

Seine Kleidung wurde auf der Wiese mehrfach vorgewaschen und kam dann als Kochwäsche in den Waschkessel. Mitleid kannten wir Kinder nicht. Hans wurde noch lange mit dem Erlebnis aufgezogen.

Heißes Eisen

Aber nicht nur wir Kinder, auch die Erwachsenen machten üble Scherze. Auf halbem Weg nach Venne befand sich eine Schmiede. Der Schmied hatte auch eine kleine Landwirtschaft, eine Tochter Wilma und zwei Söhne. Mit den Kindern haben wir gespielt, oft auch in der Schmiede. Dort gab es immer etwas zu sehen. Die Esse mit dem Feuer, der Blasebalg und der große Schmiedehammer erweckten unsere Neugier. Die Rohlinge für die Hufeisen hingen an der Wand und mussten für die Passung zurecht geschmiedet werden. Dazu wurden sie im Schmiedefeuer zur Rotglut gebracht und mit Meißel und Hammer in die richtige Form geschlagen. Die abgeschlagenen Eisenstückchen fielen auf den Boden und glühten dann nicht mehr. Einer der Gesellen wollte sich einen bösen Streich mit mir erlauben und forderte mich auf: »Heb das mal auf und bring es her!«

In dem Alter war ich gewohnt, Erwachsenen zu gehorchen. Ich fasste nach dem Teil, das zwar nicht mehr glühte, trotzdem noch mehrere hundert Grad heiß war. Dabei verbrannte ich mir übel die Finger. Die Wunde ist heute noch zu erkennen.

Der Schmied hatte den Vorfall mitbekommen. Er holte einen Besenstiel aus der Ecke und verprügelte damit den Gesellen. Heute endet so ein Fall vor Gericht mit Forderung von Schmerzensgeld. Der Geselle würde den Meister wegen der Prügel anzeigen. Damals regelten sie das auf ihre Weise.

4: Hilfsbereitschaft

Standen die Nachbarn in den ersten Jahren dem Schulmeister aus Ostfriesland eher skeptisch gegenüber, erwarb Vater sich bald großes Ansehen. Er hörte sich ihre Sorgen an, gab Ratschläge und half ihnen bei Dingen, die sie alleine nicht regeln konnten.

Ricki, Kerli, Hans, Johannes, Bello

Rentenantrag

Er hatte auch einigen Familien geholfen, in denen die Männer alt oder kriegsbeschädigt waren und keine Rente bekamen. Im Ort wohnte ein Mann mit Frau und zwei Kindern bei ihrem Onkel auf dem Bauernhof. Der Mann war Kriegsinvalide, nur die Frau konnte noch etwas auf dem Hof behilflich sein. Menschen in so einer Notlage kamen dann zu uns und mein Vater beriet sie. In diesem Fall wurde der schriftliche Antrag für die Rente aufgesetzt. Vater diktierte und Mutter musste schreiben. Sie hatte die bessere Handschrift.

Ein Mann aus Schwagsdorf litt unter einer Kopfverletzung durch einen Granatsplitter im Ersten Weltkrieg. Obwohl er damit nicht mehr arbeiten konnte, hatte er nie eine Rente bekommen. Er hatte sie auch nicht beantragt und das wurde nachgeholt.

Vaters Erfolge in derartigen Amtsgeschäften sprachen sich herum. Fast jede Woche saß jemand mit einem neuen Anliegen bei uns in der Küche, um sich von ihm beraten zu lassen.

Meisterbrief

Eines Abends kam der Dorfschmied und klagte Vater sein Leid. »Sie haben mich angezeigt. Ich führe die Schmiede seit Jahren, ohne dass ich einen Meisterbrief besitze. Nun teilten sie mir mit, dass ich weder Gesellen anstellen, noch Pferde beschlagen darf. Selbst Hufe schneiden haben sie mir untersagt. Mein Verdienst kommt zu neunzig Prozent von der Hufschmiederei. Wenn ich das nicht mehr darf, kann ich die Schmiede dichtmachen!«

Vater blieb optimistisch. »Dann hol doch einfach die Meisterprüfung nach.« Das war für den Schmied eine unlösbare Aufgabe. »In meinem Alter? Das schaffe ich auf keinen Fall.« »Doch, das bekommen wir zusammen hin. Ich helfe dir dabei. Du schreibst jetzt einen Brief, dass du die Meisterprüfung noch machen willst.«

Gesagt, getan. Für die Schulung musste er dann mehrere Tage in der Woche mit dem Fahrrad nach Osnabrück radeln. Für die Prüfung brachte er ein dickes Buch mit, dessen Inhalt er lernen sollte. Damit kam er alleine nicht zurecht. Also übte er an vielen Abenden zusammen mit meinen Vater, der ihm die Sachen erklärte und dann abfragte.

Schließlich bestand er die Meisterprüfung. Der Schmied war darüber überglücklich, eine Belohnung wurde fällig. Die kam in Form einer großen Fuhre Mist, die noch unentgeltlich auf unsere Felder gefahren und verteilt wurde. Zusätzlich pflügte er auch noch den Acker. So sah in den Zeiten Dank aus. Arbeit und Naturalien waren vorhanden, Geld immer knapp.

Amtsarzt

Der Bauer Hackmann im Ort konnte die rechte Hand nicht mehr richtig benutzen. Trotzdem hatte er damit auf dem Hof gearbeitet, es musste ja sein. Mein Vater wusste, dass er zur Prüfung des Antrags auf Rente auch von einem Amtsarzt begutachtet wurde. Dafür waren die Arbeitsschwielen auf der Hand nachteilig. Doch Vater gab Rat: »Die Hand badest du mit Seifenwasser mehrmals am Tag eine halbe Stunde. Dann reibst du sie dick mit Speiseöl ein. Danach musst du immer Handschuhe tragen und das mindestens zwei Monate lang!« »Ich trag doch jetzt im Sommer keine Handschuhe!«

»Hör auf mich und mach es einfach! Du kommst nach zwei Monaten zu mir. Dann werde ich sehen, ob mit der Hand ein Antrag auf Rente Sinn macht.« Ich erinnere mich noch daran, dass ich den Bauern mit einem dicken Wollhandschuh an der rechten Hand das Feld pflügen sah.

Nach der vereinbarten Zeit erschien er bei meinem Vater und ich war auch neugierig. Die Hand war weiß und zart wie von einem Baby. Damit konnte er zum Amtsarzt und bekam die Rente zugesprochen. Zum Dank schenkte er uns ein kleines Ferkel für die Schweinezucht.

Später wurde mein Vater für seine Einsätze im Bezirk zum Obmann für Kriegsversehrte ernannt.

Geld durchgebracht

Im Hochmoor wurde eine neue Siedlung errichtet. Interessenten konnten zusätzlich bis zu zehn Hektar Ackerland günstig erwerben. Es war ein Projekt des Staates. Für Haus und Land wurde eine Abschlagzahlung fällig, der Rest durfte in Raten abbezahlt werden. Da der Untergrund aus Moor bestand, war eine besonders stabile Bodenplatte nötig. Trotzdem standen nach einigen Jahren die meisten Häuser schief. Auch die dicke Platte war ungleichmäßig in den moorastigen Untergrund eingesackt.

Als die Siedlung bezugsfertig war, fuhren endlose Wagenkolonnen beladen mit Mist an unserem Haus vorbei. Die Neusiedler hatten den nicht mehr auf ihre alten Felder aufgebracht, sondern bereits über Jahre gelagert. Nun war es an der Zeit, den auf die neuen Felder aufzubringen.

Eines Abends suchte einer der Siedler bei Vater Rat. Er hatte die Anzahlung für sein Haus bei Leinenmeyer in Venne auf der Sparkasse angespart. »Das Geld ist weg! Meine gesamten Ersparnisse sind weg!«

»Wieso ist denn das Geld auf der Sparkasse verschwunden?«

»Mein Bruder ist Viehhändler. Leider ist er auch Alkoholiker. Er hat sich dann immer in der Gastwirtschaft Leinenmeyer betrunken. Die Schulden hat mein Bruder dann nach jeder Tour von meinem Konto gedeckt.«

Mein Vater war erbost: »Das darf der doch überhaupt nicht! Wieso hat Leinenmeyer ihm denn das Geld gegeben?«

»Mein Bruder hat mit meinen Namen unterschrieben. Das war zwar nicht rechtens, doch wenn ich jetzt gegen ihn klage, dann kommt er wegen Urkundenfälschung ins Gefängnis. Das möchte ich natürlich auch nicht und das Geld bekomme ich dadurch auch nicht wieder. Die fünftausend Reichsmark habe ich mir über zehn Jahre angespart. Jetzt sind sie weg und ich kann noch nicht einmal die erste Rate für das neue Haus zahlen!«

Mein Vater nahm sich der Sache an und sprach mit dem Inhaber der Sparkasse Leinenmeyer ein ernstes Wort.

»Wenn wir uns nicht gütlich einigen, werden wir klagen. Die Sache sieht so aus: Sie kennen persönlich den Bauern, der regelmäßig auf sein Konto eingezahlt hat. Sie kennen auch dessen Bruder, der in Ihrer Gastwirtschaft die Schulden gemacht hat. Da muss Ihnen doch aufgefallen sein, dass er Urkundenfälschung begangen hat, wenn er unter falschen Namen Geld abgehoben hat. Sie sind somit ein Mittäter, praktisch ein Komplize. In einem Prozess werden Sie mit Sicherheit auch betraft.«

Unter diesem Druck lenkte Leinenmeyer schließlich ein. Der Siedler bekam einen Großteil der Summe zurück und konnte das neue Haus beziehen.

Natürlich sprach sich der Vorfall im Dorf herum. Die sogenannten »kleinen Leute« achteten meinen Vater. Leinenmeyer war allerdings nicht mehr unser Freund, sprach auch nicht mit Vater, wenn er in seiner Kutsche vorbeifuhr. Er trank bei uns keinen Tee mehr und aß nie wieder mit uns zu Mittag.

Flugzeugabsturz

Ich spielte mit den Jungs auf der Wiese Fußball. Über uns in etwa zweihundert Metern Höhe flog ein Kleinflugzeug. Es kreiste und vollführte in der Luft allerlei Kunststücke. Er flog auf den Rücken und stellte noch weitere waghalsige Manöver an. Ich rief den anderen zu: »Guckt mal, ein Flieger! Er macht Kunstflüge.«

Dann kam er tiefer und drehte noch einen Salto. Wir sahen es schon von weitem: Diesen Looping würde er in der Luft nicht mehr zu Ende führen. Er hatte die Gewalt über die Maschine verloren und schlug mit lautem Knall etwa hundert Meter entfernt in die Wiese ein. So schnell wir laufen konnten, sind wir hin. Das Flugzeug war tief mit der Schnauze in den Wiesenboden versunken. Der Pilot befreite sich jedoch und torkelte anfangs ein wenig. Wir stützten ihn und nahmen ihn mit zu uns nach Hause. Als einzige im Broxten besaßen wir ein Telefon und er konnte seinen Vorgesetzten anrufen. Dabei war er sehr nervös. Mutter hatte ihm eine große Platte mit dem Kuchen hingestellt und er bekam den obligatorischen Tee. Die Kuchenstückchen stopfte er bei dem Telefongespräch unablässig in sich hinein, bis der Teller leer war. Er selbst hatte das vor lauter Stress gar nicht wahrgenommen.

Sein Vorgesetzter erschien einige Stunden später. Er schnauzte ihn an: »Was ist denn jetzt schon wieder am Flieger kaputt?« Doch der Pilot traute sich nicht, den wahren Schaden zu nennen. »Der Propeller wird wohl hin sein!« Er wurde dann ziemlich böse und laut zurechtgewiesen: »Ich habe dir schon so oft gesagt, du musst immer gegen den Wind landen!« Vater mahnte zur Mäßigung: »Bei uns im Hause wird nicht geschimpft, das können Sie in Ihrer Unterkunft machen!« Am nächsten

Tag kam ein großer Laster mit einem Kran. Sie luden das Flugzeug auf, bei dem deutlich mehr als der Propeller hinüber war.

Erna, Oma Gerke, Ricki, Anni
Hans, Rolf, Kerli

5: Ehrgefühl

Auch wenn Vater hilfsbereit und gutmütig war, besaß er auch ein anderes Gesicht. Obwohl er ja beim Militär gewesen war, ließ er sich nicht kommandieren. Die Menschen, auf die er hörte, mussten sich erst sein Vertrauen verdienen, so wie Onkel Hartmann. Ansonsten bissen sie auf Granit. Er mochte es auch nicht, übergangen oder missachtet zu werden. So ein Verhalten löste bei ihm die schlimmsten Aversionen aus.

Johannes Neumann

Leichenzug

Wenn in Broxten jemand gestorben war, wurde er auf dem Friedhof in Venne beerdigt. Dann ging ein langer Leichenzug den vier Kilometer weiten Weg. Vorweg schritt der Pastor mit den Angehörigen des Verstorbenen. Dann folgten etwa fünfzehn Schülerinnen und Schüler aus dem Ort. Die sangen unterwegs und auch auf der Beerdigung die eingeübten Kirchenlieder. Hinter dem Schulchor schritten Vater und ich. Der alte Pastor war ein guter Freund der Familie gewesen. Er hatte uns wöchentlich besucht, zu Mittag gegessen oder Tee getrunken. Oft tauschten sie sich über die Probleme in der Gemeinde aus. Dann wurde er altersbedingt durch einen jungen Pastor ersetzt. Der trat sein Amt ziemlich hochnäsig an. In den Augen meines Vaters hatte er sich bislang nicht bewährt. Sie kamen daher nicht besonders gut miteinander aus. Der Dünkel des neuen Pastors beruhte auch darauf, dass bis 1918 der Pfarrer noch der Vorgesetzte des Lehrers war.

Einer der Schüler wurde auf dem Leichenzug nach hinten geschickt. »Herr Lehrer, der Herr Pastor will, dass Sie nach vorne zu ihm kommen und neben ihm gehen!«

Er wurde mit der Nachricht zurückgeschickt: »Wenn der Pastor etwas von mir will, soll er zu mir kommen!«

Damit war das Verhältnis zwischen den beiden endgültig zerrüttet.

Briefträger

Der Briefträger von Broxten machte es sich einfach. Er kam morgens zur Schule und gab die Post den jeweiligen Schulkindern mit nach Hause. Fast jeder Haushalt hatte dort ein Kind. Er ging sogar so weit, die Post den Nachbarkindern mitzugeben, die die Post beim Empfänger abliefern mussten. Somit wurde eine lange Pause möglich, die er ausgiebig zum Mittagessen in unserer Küche nutzte.

Eines Tages war der Briefträger verhindert. Es wurde ein Vertreter geschickt, den er vorher kurz instruierte. »Du kannst einfach die gesamte Post in der Schule verteilen. So mache ich das auch!«

Der Vertreter war jung und unerfahren. Der Briefträger hatte ihm auch nicht die wichtigen Details erklärt.

Ohne anzuklopfen betrat er während des Unterrichts die Klasse, in der mein Vater soeben Erklärungen abgab. Unverzüglich begann er mit der Verteilung der Post. »Gastrup, ein Brief. Hannemann, zwei!«

Das konnte mein Vater sich nicht gefallen lassen. Der alte Briefträger hatte die Pause abgewartet und die Post auf dem Schulhof verteilt. Also griff Vater zum Stock, der immer in Reichweite lag und prügelte den ahnungslosen Vertreter aus der Klasse. »Sie wagen es, den Unterricht zu stören? Hinaus! Sofort raus, sage ich!«

Das war für uns Kinder natürlich ein besonderes Schauspiel, dass diesmal ein Erwachsener den Stock zu spüren bekam, der für uns reserviert war. Trotzdem lachte niemand. Der Lehrer hatte den Stock schließlich noch in der Hand.

Kuckuck

Vater zahlte keine Kirchensteuer. Als Begründung führte er einige Bauern in der Gegend an, die kein Einkommen auswiesen. »Die haben ja in Wirklichkeit durch den Viehverkauf einen höheren Gewinn als ich.« Damit kam er natürlich nicht durch. Nach mehreren Mahnungen kam der Gerichtsvollzieher ins Haus, doch Vater wollte immer noch nicht zahlen. »Dann muss ich zur Tat schreiten! Der Schreibtisch hier wird gepfändet und verkauft.« Dann holte er die Pfändungsmarke, den berühmten Kuckuck, und klebte ihn auf den Schreibtisch. So weit wollte Vater nicht gehen und stellte dann doch einen Scheck aus. Der Gerichtsvollzieher war schon im Begriff, den Kuckuck wieder abreißen. Mein Vater sah das anders: »Der bleibt dran!« Zunächst war uns unklar, was er mit einem Kuckuck auf dem Schreibtisch bezwecken wollte. Doch seine Strategie hat sich oft bezahlt gemacht.

Bettler, Verkäufer, Scherenschleifer oder sonstige Vertreter, die dachten, bei einem Lehrer wäre etwas zu holen, sie alle wurden in das grüne Zimmer geführt. »Sehen Sie, bei mir sind schon alle Möbel gepfändet. Kein Geld. Ich kann Ihnen wirklich nichts mehr abkaufen oder Geld geben!«

Würde

Wir wurden an den Wochenenden oft von Nachbarn zu Kaffee und Kuchen eingeladen. Diesmal war es der reiche Bauer Mühlmeyer in Venne. Meine Augen gingen über. Auf dem großen Tisch standen fünf leckere Torten und zusätzlich Gebäck. Wir hatten bereits Platz genommen. Doch zunächst war der Bauer dran. Er wollte Vater zurechtweisen. »Das eine will ich dir sagen, ihr könnt nicht gleichzeitig mit uns und den Heuerleuten verkehren!« Mit den Heuerleuten meinte er Onkel Hartmann und die Nachbarn, die arm waren oder keinen eigenen Hof besaßen. Vater stand erbost auf. »Wir gehen sofort nach Hause. Mit so einem Menschen wollen wir nichts mehr zu tun haben!« Sehnsüchtig blickte ich auf die leckeren Torten, doch ich wurde weggezogen. Dann mussten wir noch vier Kilometer zu Fuß laufen. Vater schimpfte die ganze Zeit über die unverschämten reichen Bauern aus Venne.

Das sprach sich bald herum. In Broxten lebten meist kleinere Bauern oder die Heuerleute, die das Land bearbeiten mussten, das für die Bauern in Venne zu abgelegen war. Vater bekam nach diesem Vorfall von allen Zuspruch und volles Verständnis.

6: Medizinische Versorgung

In Venne gab es einen Arzt, einen weiteren in Hunteburg. Die medizinische Versorgung kann nicht mit der heutigen verglichen werden. Die Arzneien waren teilweise ohne gewünschte Wirkung und beruhten mehr auf Hoffnung als auf Resultaten. Meine Mutter hatte bereits drei Kinder im frühen Alter verloren. Einer ihrer Söhne war mit zwei Jahren an einer Mittelohrentzündung gestorben. Antibiotika gab es noch nicht. Insgesamt war es ein Glück, dass bei den zahlreichen Verletzungen, die wir Kinder uns zuzogen, so wenig passiert ist. Ich hatte das Glück, alle Komplikationen und Fehlbehandlungen einigermaßen unbeschadet zu überstehen. Mein jetziges hohes Alter verdanke ich zum einen dem Fortschritt in der Medizin. Entscheidend war jedoch die Aufmerksamkeit meiner Tochter Hannelore und meiner Nichte Ute, die Ärztin in Ostercappeln ist.

Tante Anna

Tante Anna war mit uns von Leer nach Broxten gezogen und lebte seitdem im Haushalt. Sie litt als Kind unter Gesichtsrose. Heute gibt es dafür Medikamente oder in schweren Fällen die Laserbehandlung. Nach dem damaligen Stand der Medizin wurde das mit Höllenstein *(Anm.: Silbernitrat)* weggebrannt. Als Ergebnis hatte sie an der Nase und im halben Gesicht dauerhafte Entstellungen. Das mag der Grund gewesen sein, wieso sie aus der Stadt Leer mit uns aufs Land gezogen ist. Für uns Kinder war sie ein Glücksfall. Wir wurden praktisch nur von ihr großgezogen. Sie kümmerte sich um kleine Wehwehchen und beruhigte oft Vater, wenn er wütend auf uns war.

Vom Hund gebissen

Meine erste Erinnerung reicht bis zum Alter von etwa drei Jahren zurück. Auf der gegenüberliegenden Straßenseite befand sich hinter dem Graben ein Wall. Dahinter lag die Wiese, die zur Straße durch eine meterhohe

Mauer getrennt war. Von unserem Haus aus konnten wir beobachten, wann der Bauer seine Kühe melkte. Dann ging Mutter hinüber, um sich einen Topf Milch zu holen. Ich rannte hinterher und stand bald oben auf der Mauer. Unten lief der Hund des Nachbarn. Ich streckte die Hand aus, um ihn zu streicheln. Der war jedoch eher ein Wachhund. Er sprang hoch und biss in meine Hand. Die Wunde war ziemlich tief und bis zum Alter von zehn Jahren noch sichtbar. Natürlich weinte ich laut und lief nach Hause. Tante Anna wickelte die blutende Hand in ihre Küchenschürze. Mein Vater hatte im Krieg die wichtigsten hygienischen Maßnahmen mitbekommen. Er verbot ihr erbost, die Wunde mit der schmutzigen Schürze zu verbinden. Jemand musste nach Venne fahren, um Essigsaure Tonerde zu besorgen. Das war damals das Allheilmittel für Wunden jeder Art. Auch meine Hand wurde damit behandelt und mit Streifen aus einem frisch gewaschenen Bettlaken verbunden.

Pockenimpfung

Alle Kinder wurden damals gegen Pocken geimpft. Dafür kam der Arzt aus Venne. Ich hatte die Impfung schon vor zwei Jahren bekommen. Jetzt war mein Bruder Hans dran. Der Arzt verpasste ihm mit dem Skalpell zwei überlange Schnitte in den Oberarm. Anschließend gab er dem Dreijährigen das Messer zum Spielen. Vater fragt erbost: »Was machen Sie denn da?« Dann nahm er Hans das Messer ab und jagte den Arzt aus dem Hause. Er wusste auch, wie es zu einem solchen Vorfall kommen konnte. Der Arzt war drogenabhängig. In der damaligen Zeit war das Opium und er hatte wahrscheinlich vorher eine Dosis genommen. Zu meinen lungenkranken Vater kam deshalb ein Arzt aus Hunteburg. Der fuhr mit dem Fahrrad, blieb einige Stunden zum Essen und verschrieb dann die Arznei. Die besorgte ich dann in der nächsten Apotheke in Hunteburg. Der Apotheker war ziemlich dick, hielt ständig einen Zigarrenstumpen im Mund, der niemals brannte. Er musste die Medizin erst herstellen. Vater wusste, dass er das meiste Geld mit Arznei für das Vieh der Bauern verdiente.

Keuchhusten

Wir Kinder hatten damals alle möglichen Krankheiten wie Masern und Windpocken durchgemacht. Ich erinnere mich noch, dass ich im Alter von fünf Jahren Keuchhusten bekam. Sie legten mich in das Kinderbett und stellten es am Fußende des Elternbettes auf. Wenn nachts der Husten zu groß wurde, nahm Mutter ein Wattestäbchen, das mit Äther getränkt wurde. Das hielt sie mir solange unter die Nase, bis ich betäubt war. Dann hustete ich zwei Stunden lang nicht mehr und sie hatten ihre Nachtruhe. Morgens musste ich wieder husten. Die Prozedur mit dem Ätherstäbchen wurde wiederholt. Das war jedoch nicht ihre eigene Idee, sondern eine Anordnung des Arztes.

Überfahren

Vater hat aus den Trauben am Haus auch Wein hergestellt. Einer der alten 30 Liter Glasballons, in denen der Wein gärte, steht heute noch auf meinem Dachboden. Mehrere dieser Behälter standen in einem der oberen Zimmer an der Sonnenseite am offenen Fenster. Oben im Flaschenhals steckte der Gäraufsatz, durch den das Kohlendioxid entweichen konnte. Ich erinnere mich noch daran, dass dort immer Bienen saßen. Es entwich hier nicht nur Gas, sondern auch etwas vom aufgeschäumten süßen Most.

Alle Bauern hatten Bienen und bei uns in dem angebauten Keller steckte in einem Hohlraum ebenfalls ein wildes Bienenvolk. Die merkten sofort, wenn es etwas Süßes zu holen gab. Als die Schule um einen Raum vergrößert wurde, sollte der Kellerraum abgerissen werden. Die Bauarbeiter hatten das Dach bereits entfernt, als einer von ihnen rief: »Bring mal einen Topf mit, hier kannst du dir Bienenhonig holen!« Honig war eine Delikatesse und ich brachte schnell einen Henkeltopf. Im Gegensatz zu den Bauarbeitern, die lange Kleidung trugen, war ich sommerlich gekleidet. Ich hatte nur eine kurze Hose und ein Hemd mit halbem Arm an. Damit kletterte ich die Bauleiter hoch. Als einer der

Arbeiter mir ein großes Wabenstück in den Topf warf, stürzte sich der Bienenschwarm auf mich. Sie stachen mich mehrmals in Arme und Beine und ließen das Gesicht auch nicht aus. Mir blieb nichts anderes übrig, als den Topf wegzuwerfen und so schnell wie möglich wegzurennen. Dabei war ich derart in Panik, dass ich auf dem Weg vor dem Haus hinfiel. Gerade in dem Augenblick kam ein Fuhrwerk vollgeladen mit Erde den Weg entlang und konnte nicht mehr bremsen. Die Räder fuhren zuerst über beide Oberschenkel. Als ich die anzog, erwischte mich ein Hinterrad am Schienbein. Dann lag ich wie betäubt und konnte nicht mehr aufstehen. Die Strümpfe waren durch die eisenbeschlagenen Räder bis in das Fleisch gedrückt. Die Bauarbeiter und der Fuhrmann trugen mich sofort in die Diele und legten mich auf den Boden. Vater kam hinzu und fragte: »Versuch mal, ob du aufstehen kannst!« Mit Mühe schaffte ich es und er war beruhigt: »Ist noch einmal gut gegangen und wohl nichts gebrochen!« Dann trugen sie mich in die Küche, in der ich die Standardbehandlung mit Essigsaurer Tonerde und einem frischen Verband bekam. Auf der Diele war inzwischen ein großer Tumult ausgebrochen. Der Fuhrmann stritt sich mit den Bauarbeitern heftig, wer denn jetzt schuld am Unfall sei. Der Fuhrmann hatte das mit den Bienenwaben mitbekommen und wollte auch nicht auf sich sitzen lassen sein, ein Kind überfahren zu haben. Der Streit begann mit heftigen Worten, bis der Fuhrmann seine Peitsche einsetzte und sie einem Bauarbeiter durch das Gesicht zog. Die waren jedoch in der Überzahl und stützten sich mit ihren Maurerkellen bewaffnet auf ihn. Mein Vater wollte weder Streit noch weitere Verletzungen in seinem Haus dulden. Er musste schlichten. »Auseinander! Es war ein Unfall. Keiner von euch ist schuld. Es ist einfach passiert und damit ist es nun gut!«

Zum Arzt sind wir nicht gegangen. Danach konnte ich zwei Wochen lang nur humpeln. Das Bein war nicht gebrochen, weil der Boden so weich war, dass es beim Überfahren hineingedrückt wurde. Auf einer befestigten Straße hätte das mit dem schweren Wagen böse enden können.

Schreckschusspistole

Wir spielten oft mit den Jungs aus der Nachbarschaft Räuber und Gendarm. Zu Weihnachten wollte Vater mir deshalb eine besondere Freude bereiten. Es war eine ziemlich echt aussehende sechs Millimeter Schreckschusspistole aus Metall. Beim Kauf hatte er die Wirkung und Sicherheit für Kinder nicht richtig geprüft. Das holte er am Weihnachtsabend nach. Oberhalb der Zündkammer lag ein Kanal, durch den die Gase entweichen sollten. Darauf legte er eine Streichholzschachtel und schoss eine Platzpatrone ab. Es gab einen fürchterlichen Knall und die Schachtel war in tausend Fetzen zerfallen. »Das ist für dich noch zu gefährlich. Die kriegst du erst wieder, wenn du größer bist! Nächste Woche kannst du dir dafür im Geschäft ein anderes Geschenk aussuchen.« Das war es dann mit meinem Weihnachtsgeschenk, das er, wie er dachte, vor mir sicher aufbewahrte.

Ich war immer auf der Suche nach Süßigkeiten. Oft waren die im Bücherregal hinter einer Buchreihe versteckt. Einige Monate nach Weihnachten fand ich bei einer solchen Suchaktion die Pistole wieder. Eine Schachtel mit Platzpatronen lag auch daneben. An die Warnungen dachte ich nicht mehr, sondern nur an den Spaß. Und natürlich an den Eindruck, den ich dabei bei den Freunden erwecken würde. Das war das geeignete Teil, um bei Räuber und Gendarm damit aufzutrumpfen. Wie immer war ich der Gendarm. »Hände hoch oder ich schieße!« Heini Gastrup glaubte das nicht und ließ die Hände unten. Der Knall war ohrenbetäubend. Leider war ich sehr nah. Er bekam eine rote Wange und lauter kleine schwarze Stippen darauf. Die ließen sich auch nicht mehr abwischen. Es war reines Glück, das es nicht ins Auge gegangen war. Schnell brachte ich die Pistole zurück in das Versteck hinter der Buchreihe und hoffte nur, dass meine Tat nicht rauskam. Doch sie kam raus. Am nächsten Tag in der Schule bemerkte Vater Heinis verbranntes Gesicht. Der musste alles beichten. Ich bekam große Angst, dass Vater mich verhauen würde. Doch der nahm mich an die Hand und ich sollte mich beim Bauern Gastrup entschuldigen. »Es gibt nichts zu entschuldigen. Ich bin deinem Sohn mit dem Pferdewagen über das Bein gefahren. Damals hast du gesagt, keiner ist schuld. Nun sind wir endgültig quitt.«

»Was ist quitt?«, wollte ich wissen. »Das ist, wenn sich zwei böse Taten ausgleichen!«

Hans, Kerli, Bello

Die Hand

Der Mühlenbach schlang sich in endlosen Schleifen durch die Wiesen. Zu beiden Seiten wurde er durch Büsche oder Bäume umrandet. An den Kurven wurde das Bachbett jedoch immer weiter ausgespült und der Boden mitgeschwemmt. An ein Erlebnis am Bach erinnere ich mich mit Schaudern. Ich war damals sechs Jahre alt. Eine Außenkurve war besonders abgetragen. Der lockere Sandboden war von der Strömung bereits großflächig fortgeschwemmt. Die Anlieger wollten die Auswaschung reparieren und das Ufer befestigen. Dazu mussten Holzpfähle in den Boden getrieben werden. Dazwischen sorgte Astgeflecht für die Uferbefestigung. Dahinter wurde der Boden mit den Ausschwemmungen wieder aufgefüllt.

Der Arbeiter im Wasser hatte sogenannte »Holzkenscheibel« an. Das waren Holzschuhe, an denen ein wasserdichter Lederschlauch befestig war. Der war mit kleinen Nägeln am Holzschuh befestigt und dann mit Pech abgedichtet. Die Lederschlaufen gingen bis über die Knie. Gummistiefel waren damals bei uns unbekannt.

Einer der Arbeiter stand im Bachbett und musste den Pfahl halten. Der zweite Mann am Ufer schlug ihn mit einem schweren Hammer in den Bachboden. Das war natürlich eine spannende Angelegenheit, die ich unbedingt zusammen mit den Nachbarjungen verfolgen musste.

Nach etlichen Hammerschlägen prüfte der Halter die Festigkeit des Pfahles. Dabei bückte er sich nach unten und meinte: »Ist jetzt tief genug!« Beim Hochkommen stützt er sich mit der Hand oben auf dem Pfahl ab. Der kommende Hammerschlag war nicht mehr aufzuhalten. Die Hand wurde vom Hammer zerquetscht und war nicht mehr zu retten. Für mich war der Anblick so entsetzlich, dass ich mich augenblicklich übergeben musste. Weinend rannte ich nach Hause. Das war eines der bösen Erlebnisse, an das ich mich heute noch erinnere.

Tuberkulosetest

Eine gute Erinnerung ist dagegen, dass es bei uns zu Hause immer Süßigkeiten gab, insbesondere Kuchen oder Torten. Mein Vater war der Meinung, und das vermittelte er auch den Bauern in der Gegend, die Jugend müsse gut essen. Damals war Tuberkulose eine Volkskrankheit. In der Gemeinde starben jedes Jahr ein bis zwei Menschen an dieser Krankheit. Vater vertrat die Ansicht, die Krankheit könne durch kräftiges und gutes Essen verhindert werden. Für die Untersuchung auf Tuberkulose mussten alle Kinder jedes Jahr einmal in das nächste Krankenhaus nach Ostercappeln. Wir fuhren zusammen im Bus dorthin. Dort bekamen wir ein Pflaster auf die Brust, das nach einigen Tagen kontrolliert wurde. Damals wurde das sehr ernst genommen, weil die Krankheit ansteckend war.

Kopfläuse

Mein Vater wies oft drauf hin, dass die Schulkinder sich ihre Köpfe regelmäßig und ausgiebig waschen sollten. Die Haare mussten absolut sauber sein. Er versuchte das auch einem Nachbarn klarzumachen. »Es gibt in der Klasse Kinder, die ab und zu Läuse haben. Das kann vorkommen, aber man kann durch Sauberkeit vorbeugen! Doch bei einer Familie mit zwei Kindern kommt das regelmäßig vor. Ich habe denen mehrmals Bescheid gegeben. Der Vater war allerdings der Meinung, da könne man nichts machen. Die Läuse säßen in den Ständern« *(Anm.: ›Ständer‹ sind die senkrechten Stützbalken im Haus)*.

Der Besucher fragte: »Um welche Familie handelt es sich denn?« Um sie nicht bloßzustellen, antwortete Vater: »Kann ich nicht sagen.«

Ich saß bei dem Gespräch im Nebenraum in der Zinkbadewanne und hörte mit gespitzten Ohren zu. Ich wusste die Antwort, also durfte ich Auskunft geben: »Das weiß ich wohl. Das sind die Dollmeyers!«

Über den gemeinen Verrat wurde Vater wütend. Ich konnte noch erkennen, wie er den Stock aus der Ecke holte und musste schleunigst aus der Badewanne verschwinden. Wieder wurde Tante Anna zur Retterin.

Als ich die Treppe zum Schlafzimmer hoch rannte, stellte sie sich in die Tür. »Du haust den Jungen nicht!«

Ich fand es am schlauesten, nicht in mein Kinderzimmer zu laufen, sondern versteckte mich im Elternschlafzimmer unter dem Bett. Eine halbe Stunde später kam Tante Anna nach oben. »Du kannst jetzt rauskommen. Der Vater sitzt im Grünen Zimmer und hat sich schon die Pfeife angesteckt. Ich glaube, er hat sich beruhigt.«

Nach unten traute ich mich immer noch nicht, sodass die gute Tante mir zum Abendessen ein Brot nach oben bringen musste. Da lernte ich, das vorlaute Reden besser sein zu lassen.

Ratten

Im Haus gab es oft Ratten. Bei der Bauweise der Türen und Wände war das unvermeidlich. Die Biester wurden auch für unsere kleinen Küken gefährlich. Deswegen holten wir die gerade aus dem Ei geschlüpften Küken in einer Wanne in die Küche. In manchen Jahren gab es eine regelrechte Rattenplage. Das konnten wir am nächtlichen Trappeln auf dem Boden hören. Auf der Diele klebten an der Decke mehr als zwanzig Schwalbennester. In der Brutzeit nagten sich die Ratten von oben durch die Bretter des Dachbodens, um an die Eier oder die Jungen im Nest zu gelangen.

Das wurde Vater zu viel: »Jetzt ist Schluss mit den Rattenviechern!« Die heute modernen und wirksamen Mittel zur Schädlingsbekämpfung gab es noch nicht. Ich fuhr mit dem Rad nach Venne zur Apotheke und holte Phosphorbrei. Das ist ein hochwirksames Gift. Aber Ratten sind schlau und lassen sich nicht so einfach vergiften.

Mein Vater kannte die Strategie und den Argwohn der Ratten. Er legte zunächst kleine ungiftige Speckstückchen vor dem Haus aus. Tatsächlich waren die Köder am nächsten Tag verschwunden. Das Anfüttern wurde ein zweites Mal durchgeführt.

Dabei beobachtete ich durch ein Fenster mindestens zwanzig Ratten, die sich gierig auf den Speck stürzten.

Das Anfüttern wiederholte er noch zwei Tage lang, um auch die letzte Ratte im Haus zu überzeugen, dass sie sich nicht zurückhalten brauchte. Erst am vierten Tag wurden die Speckstücke vergiftet.

Die Folgen waren verheerend. Kaum hatten die Ratten alle Köder vertilgt, fingen sie an zu taumeln. Die vereinte Schar rannte quiekend zum Bach, um Wasser zu saufen. Auch das nütze ihnen nichts, alle starben.

Mit dem Trick hatte mein Vater die List der Ratten ausgetrickst. Die lassen im Normalfall immer einen Vorkoster unbekannte Sachen ausprobieren und warten das Ergebnis ab.
Diese Rattenplage war erfolgreich abgewendet.

Unser Nachbar hatte ebenfalls eine Menge Ratten im Stall. Der fünfzehnjährige Sohn Albert war für die Fütterung der Schweine verantwortlich. Neben dem Stall befand sich die Futterkammer mit einem großen Kessel. Dort wurde das Schweinefutter, meist Kartoffeln, gekocht. Oft holten wir Jungs einige gare Kartoffeln raus und aßen zusammen mit Albert Pellkartoffeln. Auf dem Weg zum Schweinestall sahen wir die Ratten den Stützbalken hochlaufen. Sie wohnten auf dem Dachboden im Stroh.

Im Sommer wurde irgendwann das restliche Stroh vom Vorjahr runtergeholt. Alle Ratten liefen die Balken herunter und verschwanden durch ein Loch im Betonboden. Dort befand sich ein Hohlraum im Fundament, der jedoch keinen zweiten Ausgang besaß.

Das Fluchtloch wurde sofort mit einem dicken Stein verschlossen und dann vom Bauern mit Mörtel abgedichtet. Die Ratten waren gefangen. Danach saßen wir jeden Abend in der Futterküche und hörten unter uns die Ratten rumoren. Sie waren am Verhungern und wollten unbedingt raus.

Albert war zu neugierig. Er schlug vorsichtig ein Loch in den Betonboden. Die Ratten waren mittlerweile so dünn, dass es eine schaffte, sich durch das kleine Loch nach oben zu zwängen. Albert konnte sie zwar sofort erschlagen, doch wir Kinder schrien laut: »Mach das Loch zu! Mach sofort das Loch wieder zu!«

Weitere Ratten drängelten bereits nach draußen. Er legte einen großen Stein auf das Loch und nach wenigen Tagen war auch diese Rattenplage beseitigt.

7: Dumm gelaufen

Nicht nur durch Streiche schafften wir Kinder es problemlos, den Eltern genügend Arbeit zu machen. Doch meistens war es Tante Anna, die uns im wahrsten Sinne des Wortes aus der Patsche helfen musste.

Kerli, Rolf, Hans Broxten 1937

In den Graben

Unsere Familie wurde von den Nachbarn oft zu Geburtstagen, Hochzeiten oder ähnlichen Feiern eingeladen. Da sowohl die Bauern als auch die Gäste zahlreiche Kinder hatten, liefen auf so einer Feier oft bis fünfzehn in meinem Alter herum. Das war für uns besonders interessant, wir konnten mit ihnen toben und spielen. Eine der Feiern fiel in die Regenzeit und es drohte Hochwasser. Wir liefen dann alle fünf Minuten hinaus und wollten wissen, wie weit das Wasser schon gekommen war. Dazu standen wir mit mehren Kindern auf einem Steinblock, der als kleine Brücke für den Graben am Rande des Feldweges diente. Von dort beobachteten wir fasziniert, wie der Pegel immer weiter anstieg. Mein dreijähriger Bruder Hans war dem Gedränge auf dem Steinblock nicht mehr gewachsen. Der nächste Schubser erwischte ihn und er fiel in den Graben. Dort war die Strömung mittlerweile so stark, dass er mitgerissen wurde. Er trieb unter dem Stein hindurch und wurde schnell weitergetragen. Da war Eile geboten. Also rannte ich im Sprint zur nächsten Brücke. Dort konnte ich Hans an der Jacke packen und herausziehen. So kam er mit pitschnasser Kleidung bei der Feier des Bauern an. Mein Vater gab Anweisungen: »Ihr lauft jetzt sofort nach Hause. Aber geht nicht langsam, sondern rennt die ganze Zeit. Und ihr kommt nicht wieder!« So machten wir es dann. Den Rest erledigte Tante Anna, die Hans entkleidete, abrubbelte und ins Bett steckte.
Ich bin dann doch noch wiedergekommen, es gab ja nachmittags noch Torte.

Warmlaufen

Wir haben oft am Mühlenbach gespielt. Das war besonders bei Hochwasser spannend. Wir schmissen Stöcke hinein und verfolgten ihren Lauf. Oft stellten sich im Bach größere Äste oder Stämme quer und es gab einen Stau, vor dem sich immer mehr Gestrüpp ansammelte. Es war Ehrensache, so etwas zu beseitigen. Mein jüngster Bruder Rolf war vier Jahre alt. Über die Gefahren am Bach machten wir uns nicht übermäßig

Gedanken, wie ich es heute tun würde. Vor dem Wasser hatten wir keine Angst und alle konnten etwas schwimmen. Wir rechneten jedoch nicht mit der Gewalt der Strömung bei Hochwasser. So blieb es nicht aus, dass Rolf eines Tages bei diesen Spielen in den Mühlenbach fiel und schnell mitgerissen wurde.

Schon wieder wurde es meine Aufgabe als ältester Bruder, ihn da rauszuziehen. Eine geeignete Möglichkeit dazu gab es zwanzig Meter stromabwärts. Dort wurde eine Flachstelle für Kühe als Tränke genutzt. Ich konnte den im Wasser treibenden Rolf erwischen und rausziehen.

Ich traute mich nicht, schon wieder mit einem patschnassen Bruder zu Hause aufzutauchen. Es war zwar erst März, aber die Sonne schien. So musste Rolf seine nasse Kleidung ausziehen. Die hängten wir über den Weidezaun zum Trocknen auf. Der kleine Rolf dufte natürlich nicht kalt werden. Vaters Anordnung, immer in Bewegung zu bleiben, klang mir noch in den Ohren. Mein Bruder Hans bekam einen Stock in die Hand. Damit musste er den nackten Rolf über die Wiese jagen. Er sollte sich warmlaufen, um sich nicht zu erkälten, während seine Sachen am Zaun trockneten. Alle Viertelstunde löste ich Hans mit der Treibjagd ab, die auch für uns anstrengend war. Nach einer Stunde war die Kleidung zwar noch nicht komplett trocken, jedoch so weit, dass meine Eltern es nicht sofort bemerken würden. Wir rannten also nach Hause. Dort zogen wir Rolf heimlich um und hängten seine noch feuchte Wäsche zum Trocknen an den Herd.

Etwas später bemerkte meine Mutter jedoch die Kleider am Herd und sah sie sich genauer an. Sie waren vom Sand des Bachs komplett gelblich eingefärbt. Da mussten wir doch mit der Sprache herausrücken.

Durch die Röhren

Unsere gesamte Familie war beim Bauer Hiduwer zur Hochzeit eingeladen. Wie üblich sollten sich alle in den besten Kleidern präsentieren. Auch wir mussten für die Feier komplett neu eingekleidet werden. In einem Kaufhaus in Osnabrück bekamen wir entsprechend der

Mode der damaligen Zeit schicke Matrosenanzüge. Wir Kinder hatten uns schon lange auf den Nachmittag gefreut. Wir tollten bereits in den Anzügen auf der Straße herum, während die Eltern sich noch umzogen.

Leider wurde gerade der Weg vor dem Haus mit Steinen neu befestigt. Gleichzeitig wurde bei dieser Maßnahme der Abflussgraben an der Straßenseite auf den Graben gegenüber verlegt. Für die nötige Unterführung lagen große Betonröhren vor dem Haus bereit. Das war für uns Kinder so verlockend, dass wir nicht widerstehen konnten. So krochen wir alle drei hintereinander in den nagelneuen Matrosenanzügen durch die schmutzigen Röhren. Als Ältester hatte ich den Vorrang, Hans und Rolf folgten ohne Zögern. Da es mehrere Röhren waren, reichte eine nicht aus. Das ehrgeizige Ziel war es, alle zu schaffen.

»Wie seht ihr denn aus? Seid ihr komplett wahnsinnig geworden?« Als Anführer bekam ich den Stock zu spüren. Die gute Tante Anna bürstete die Kleidung eine gute Stunde aus und konnte den gröbsten Dreck entfernen. Da waren wir froh, dass sie immer für solche Notfälle zu Verfügung stand.

Hans und Kerli (im Matrosenanzug)

Auf dem Dach

Auf dem Hof der Schule spielten wir auch Schlagball. Dabei landeten die Bälle oft in der Dachrinne. Für uns hatten sie einen beträchtlichen Wert und wir bekamen auch keinen Ersatz. Wenn wir also weiterspielen wollten, blieb uns nichts anderes übrig, als sie wieder aus der Dachrinne zu angeln. Eine Leiter wäre praktisch gewesen, aber so eine lange hatten wir nicht. Meine akrobatischen Fähigkeiten waren gefragt. Es gab nur eine Lösung. Ich musste im Uhrenturm hochzusteigen und durch ein Fenster auf das Dach der Schule klettern. Es war noch einfach, auf den First zu gelangen. Von dort hangelte ich mich am Dach herunter, um an die Dachrinne zu kommen. Von dort konnte ich die Bälle nach unten schmeißen. Das ging solange gut, bis die Eltern aus dem Haus kamen und mich auf dem Dach sahen. Meine Mutter war besonders entsetzt: »Oh Gott, der Junge! Was macht der da oben auf dem Dach?« Mein Vater beruhigte sie, er wollte mich nicht verunsichern. Hatte ich alle Bälle herausgeholt, wurde der Weg nach oben zum Dachfirst noch schwieriger als der Hinweg. Ich musste noch an der Außenfassade zum Fenster des Turms hochklettern. Unten angekommen erklärte mein Vater mir, wie gefährlich das Unternehmen war. Aber verboten hat er mir das nicht. Er war auf die artistische Leistung genauso stolz wie ich.

Stadtjungs

Einmal im Jahr bekamen wir Besuch von einer Familie aus Osnabrück. Der Mann arbeite dort als Lehrer und war ein alter Freund meines Vaters. Sie hatten drei Söhne, die noch wilder herumtobten als wir. Jedes Jahr passierte mit denen etwas, worüber wir die Köpfe schütteln mussten.

In einem Jahr kamen sie zu der Zeit, als die Weintrauben an der Giebelwand reif waren. Weintrauben waren zu der Zeit in Norddeutschland weitestgehend unbekannt. Die drei Söhne schlangen sich so viel von denen hinein, dass ihnen schlecht wurde und sie sich übergeben mussten. Danach war es auch mit dem Spielen vorbei.

Im nächsten Jahr hielten sie sich damit zurück. Wir spielten Fangen. Zwei von den Jungs liefen beim Nachbarn sehr dicht an den Bienenstöcken entlang. Den richtigen Umgang mit Bienen hatten sie in der Stadt nie gelernt. Einer von ihnen blieb direkt vor dem Bienenkorb stehen und fuchtelte mit den Armen herum. Dadurch wurden die Bienen wild und es brachte ihm die ersten Stiche ein. Anstatt Abstand zu halten, eilte sein Bruder zur Hilfe. Dann versuchten beide, durch heftiges Armeschlagen die Bienen zu vertreiben. Das machte die natürlich noch aggressiver. Mir blieb keine andere Wahl, ich musste hinlaufen, um die Jungs schnellstens aus dem Gefahrenbereich zu ziehen. Das brachte auch mir einige Stiche ein. So dumm hatten wir uns niemals angestellt. Wir wussten, dass man mit den Bienen auskommt, wenn man sie nicht reizt. Außerdem ist bei einem Angriff Weglaufen immer die bessere Alternative.

Beim nächsten Besuch mieden die Jungs sowohl die Weintrauben als auch Nachbars Bienenstöcke. Allerdings brach sich einer von ihnen beim wilden Spiel ein Bein. Er war beim Fangenspiel unglücklich über eine Wagendeichsel gestolpert. Jedes Jahr war unsere Erwartung groß, was den beiden denn Neues zustoßen würde. Mein Vater meinte nur: »So sind die Kinder aus der Stadt. Die kennen sich auf dem Land einfach nicht aus!«

Einbrecher

In Broxten gab es eine Einbruchsserie. Mehrfach wurde in Räucherkammern der Bauern eingebrochen. Wenn frisch geschlachtet war, hingen diese voller Wurst und Schinken. Die Polizei hatte festgestellt, dass die Diebe die Beute mit Fahrrädern wegschafften. Auch uns verschonten sie nicht, denn bei einem reichen Lehrer musste doch etwas zu holen sein. Sie stiegen durch das Fenster in das grüne Zimmer ein und durchwühlten die Schränke. Doch wir hatten nur kleine Geldbeträge im Schlafzimmer versteckt. Größere Mengen befanden sich nie im Haus, da Vater ja alles per Scheck bezahlte. So zogen sie ohne Beute ab. Doch sie mussten gehört haben, dass es bei uns Wertsachen gab. Zwei Wochen später schlugen sie erneut zu und stahlen das Radio. Für uns Kinder war das ein Glücksfall, denn es wurde ein neues angeschafft, das über einen Lautsprecher verfügte. So konnten wir, wenn wir artig saßen, auch die Radiosendungen mithören.

Ein halbes Jahr später erwischte die Polizei die Diebe, zwei Brüder aus Bramsche, der nächsten größeren Stadt. Sie hatten als Maurer bei den Bauern in der Gegend Maurerarbeiten durchgeführt. Durch geschicktes Fragen konnten sie sich Informationen beschaffen, bei wem etwas zu holen war. Das Gericht verurteilte sie zu sechs Jahren Gefängnis.

Schwein als Einbrecher

Zweimal im Jahr wurde auch bei uns geschlachtet. Oft war das im Herbst, wenn die Nächte kälter und das Futter knapp wurde. Es war üblich, auch den Nachbarn davon abzugeben. Meine Eltern brachten im Korb eine Kanne voll Brühe, Wurstebrot, Grütze oder ein Stück Wurst. An solche Geschenke erinnerte man sich und gab gerne bei eigenen Schlachtungen etwas zurück. Auch bei uns wurde zu der späten Jahreszeit geschlachtet. Das entweidete Schwein hing in der Diele oben an einem Balken. Zerteilt wurde es üblicherweise erst am nächsten Tag, wenn das Fleisch komplett kalt war. Leider muss man von der Wohnung auf dem Gang zur Toilette genau an dem Schwein vorbei.

Am frühen Morgen eilte mein Vater vor dem Frühstück zur Toilette. Dabei war ihm die Sache mit dem Schwein, das an der Decke hing, komplett entfallen. Damals gab es auf der Diele kein elektrisches Licht. Als Beleuchtung musste das spärliche Morgenlicht reichen, das durch die kleinen Fenster fiel. Er hatte die Augen noch nicht richtig auf, denn er lief genau gegen das Schwein. Mit Schrecken fiel ihm die Sache mit dem Einbrecher, der noch nicht gefasst war, wieder ein.

»Weg! Gehen Sie weg! Was machen Sie hier im Dunkeln in unserem Haus?« Wir saßen in der Küche und hörten den Kampflärm auf der Diele. Schnell stürzten wir mit der Petroleumleuchte in der Hand hinzu. Dann sahen wir, wie Vater mit der Faust auf das Schwein einschlug. Der Kampf wirkte absolut überzeugend und sorgte noch lange für Lachanfälle.

Zigeuner verjagen

Wir saßen in einer Runde in der Küche zum Mittagessen. Wie so oft nahm auch der Briefträger teil. Zu der Zeit war oft fahrendes Volk unterwegs, das wir Zigeuner nannten. Zwei von Pferden gezogene Wagen, heute würde man Wohnwagen dazu sagen, hielten vor unserem Haus. Eine der Frauen aus dieser Gruppe kam ohne Anmeldung in die Küche gelaufen. Alle Köpfe drehten sich verwundert zu ihr um. Jeder der freundlich nach Essen fragte, bekam etwas, niemand wurde abgewiesen. Doch sie sah das große Stück Speck auf dem Teller, das für alle acht Personen reichen sollte. Sie griff danach, wickelte es blitzschnell in ihre Schürze und rannte davon. Vater schnappte sich den Stock, der normalerweise für uns vorgesehen war und verfolgte die Frau. Draußen kam es zum Eklat.

»Der Lehrer will mich hauen! Der Lehrer will mich hauen!« Mein Vater sah sich etlichen jüngeren Männern gegenüber, denen er körperlich kaum gewachsen war. Die wurden dazu auch noch frech: »Wenn du der Frau kein Brot gibst, dann holen wir euch die Äpfel von den Bäumen!«

Zwei von ihnen klettern auch sofort auf den Apfelbaum vor dem Haus. Der Baum liefert mit der Apfelsorte Gravensteiner den besten Ertrag. Die Äpfel waren gerade reif und sahen rot uns lecker aus. Vater rief: »Ist gut, ich hole Brot! Ich hole ja schon Brot!« Das brachte er allerdings nicht, sondern erinnerte sich an die alte Wehrmachtspistole. Fast jeder entlassene Soldat durfte damals seine Pistole mit nach Hause nehmen. Damit lief er nach draußen und schoss zweimal in die Luft. Einer der Männer fiel vor Schreck aus dem Baum, während die anderen die Hände über den Kopf hoben. »Bester Herr Lehrer, nicht schießen, nicht schießen!«

Dann liefen sie zu ihren Wagen, schlugen auf die Pferde ein und machten sich eilig davon. Für uns Kinder war das ein spektakuläres Ereignis, das im Gedächtnis blieb. Natürlich bewunderten wir auch den tapferen Vater.

8: Schulalltag

Der Schulrat

In Abstand von einigen Jahren besuchte uns der Schulrat. Er wurde vorher angekündigt und kam von Ostercappeln zu Fuß. Um nicht überrascht zu werden, beauftragte mein Vater einen Schüler, auf der nächsten Brücke Schmiere zu stehen. »Wenn du einen alten Mann mit Hut und Bart siehst, läufst du schnell zurück und meldest mir das!« Doch in diesem Jahr kam ein neuer junger Schulrat. Der hatte weder Hut noch Bart. »Was machst du denn hier? Hast du heute keine Schule?«, fragte er den Jungen. »Doch, doch! Ich soll hier aufpassen. Wenn der Schulrat kommt, muss ich das dem Lehrer melden!« Damit war der Schuss nach hinten losgegangen. Meinem Vater wurde deswegen trotzdem kein Vorwurf gemacht. Der neue Schulrat hielt das Vorgehen für eine ihm angemessene Würdigung.

Ein Löwe

Einmal im Jahr machte die Schule einen Ausflug in die Venner Berge, um Blaubeeren zu pflücken. Ich war sechs Jahre alt. Das war eigentlich zu jung, aber ich durfte mit, weil ich der Sohn des Lehrers war.

Jeder hatte zum Sammeln ein oder zwei Milchkannen mitgebracht. Mein Vater setzte sich in der Venner Egge auf einen Baumstumpf und zündete sich zuerst eine Zigarre an. Dann teilte er die Sammelbereiche ein. Keiner sollte weiter als fünfzig Meter vom Platz entfernt suchen. Die Kinder schwärmten aus.

Zur Mittagszeit rief er sie wieder zusammen: »Alle herkommen! Jetzt wird gegessen!« Die größeren Schüler hatten da schon eine Milchkanne vollgesammelt.

Alle setzten sich für die Pause auf einen der herumliegenden Baumstämme. Vater zählte die Schüler durch. Gustav fehlte. Alle riefen nach ihm: Gustav! Gustav komm her, es gibt Essen!« Aber Gustav kam nicht.

Mein Vater wurde unruhig und organisierte Suchteams. Es sollten immer drei Kinder zusammenbleiben und jede Gruppe wurde in eine andere Richtung geschickt. »Nicht weiter als siebzig Meter und laut »Gustav!« rufen, war seine Anordnung.

Aber der wurde auch nach langem Suchen nicht gefunden. Mein Vater blies die Blaubeersuche ab. »Wir gehen nach Hause. Ich alarmiere in Venne Polizei und Feuerwehr, mit denen können wir weitersuchen. Wir müssen jetzt aber schnell machen, damit wir ihn im Hellen noch finden!«

Auf dem Rückweg kamen wir mit der Klasse bei Venne an einem Bauern vorbei, der auf seinem Feld pflügte. »Ihr seid heute aber zeitig zurück. Ist was passiert?«

Mein Vater gab Auskunft: »Gustav ist verschwunden. Wir haben lange gesucht, ihn aber nicht gefunden.«

Der Bauer wusste mehr: »Der Gustav ist hier schon vor drei Stunden vorbeigelaufen. Er hatte seine Holzschuhe in der Hand und ist gerannt, als wäre der Teufel hinter ihm her.« Vater war froh, dass er zumindest wieder aufgetaucht war. Trotzdem war er böse auf ihn: »Der wird morgen früh aber was erleben!«

Am nächsten Morgen brauchte ich eigentlich erst später zur Schule. Aber ich wollte mir nicht entgehen lassen, wie die Sache mit Gustav ausgehen würde. Vater saß bereits erwartungsvoll hinter seinem Lehrerpult: »Gustav, komm mal nach vorne!«

Er kam mit gesenktem Kopf zum Pult. »Warum bist du gestern weggelaufen?« Gustav klang sehr überzeugt: »Da brüllte ein Löwe!« Mein Vater bekam hinter seinem Pult einen Lachanfall. Er warf den Stock weg, den er schon bereitgehalten hatte und schlug mehrmals mit dem Kopf auf dem Pult auf. »So was gibt es doch gar nicht! Da brüllte ein Löwe? Setzt dich wieder hin!«

Gustav blieb der Stock erspart. Was er gehört hatte, oder es nur eine Schutzbehauptung war, wurde nicht aufgeklärt. Jedenfalls hatte die Ausrede meinen Vater so beeindruckt, dass er auf Strafe verzichtete.

Naturkundler

Die ersten drei Jahre bin ich bei Vater zur Schule gegangen. Bei ihm habe ich am meisten gelernt. Dann wurde er aufgrund seiner Lungenerkrankung längere Zeit krankgeschrieben. Ein Vertreter aus Venne führte dann den Unterricht durch. Einer von ihnen war ein Lehrer der Naturkunde. Er ist mit uns hauptsächlich durch die Landschaft gewandert. Von ihm habe ich einiges über die Natur gelernt. Wir machten einen Klassenausflug zu einer vier Kilometer entfernten Weidehütte. Dort hatte ein Pärchen Schwarzdrosseln ein Nest. Wir durften sie nicht stören, sondern beobachteten die Fütterung der Jungen eine Stunde lang aus der Ferne. Damals war die Schwarzdrossel, die Amsel, ein seltener Vogel. Häufiger gab es die Graudrossel zu sehen. Heute ist es genau umgekehrt.

Musiklehrer

Ein weiterer Vertreter, Herr Hofer, war Musiklehrer. Ich habe ihn später mehrmals wiedergetroffen. Er hatte sich in Osnabrück am Gymnasium beworben und unterrichtete dort Musik. Als Erstes gründete er eine Schulkapelle und einen Chor. Jedes Kind musste das mitbringen, was sie zuhause an Musikinstrumenten vorfanden: Ziehharmonika, Mundharmonika, Blockflöten und sonstige Instrumente. Herr Hofer spielte dazu die Geige. Ich war völlig unmusikalisch, deshalb wurde mir die Trommel zugewiesen. Die beherrschte ich nach einiger Zeit recht gut. Trotzdem bekam ich von ihm im Zeugnis die schriftliche Bemerkung: »Mangel an Gehör«.

Mein Vater regte sich darüber auf: »Was soll das? Der Junge kann doch gut hören!« Heute fällt mir dazu ein, dass ich im ganzen Leben verschiedene Töne nie unterscheiden konnte. Das hat Herr Hofer damals schon erkannt.

Meine Rot-Grün-Sehschwäche hatte jedoch weder ein Lehrer noch einer der Ärzte jemals bemerkt. Das wurde erst beim Militär im Alter von zwanzig Jahren festgestellt. Da hatte ich den Farbtest für einen Lehrgang nicht bestanden.

9: Leer Ostfriesland

Ferien

Für uns Kinder war die Vorfreude vor den großen Ferien immer riesig. Wir durften für mehrere Wochen zu den Großeltern nach Leer. Jedes Jahr wurden wir dort ausgiebig verwöhnt. Sie besaßen dort eine gut gehende Gaststätte den »Gasthof zur Leda«. Er lag direkt am Hafen und es kamen viele Schiffer als Stammgäste. Die Großeltern gehörten zum wohlhabenden Mittelstand. Dementsprechend war ihr Bekanntenkreis in der Stadt groß. Mutter war dort aufgewachsen und sie freute sich darauf, ihren Heimatort und die Eltern wiederzusehen. Anfangs sind wir mit dem Zug nach Leer gefahren. Als wir später ein Auto besaßen, natürlich mit dem Wagen. Der war ein Modell DKW Reichsklasse, danach kam der komfortablere DKW Meisterklasse. Nur der Arzt im Venne fuhr noch ein Auto. Als der mit seinem Opel auf einer Fahrt von der Straße abgekommen und umgekippt war, kannte mein technikversierter Vater auch den Grund. »Der Opel hat eine viel zu weiche Federung.«

Autofahrten

Vater war ein ungeübter und schlechter Fahrer. Deswegen war es gut, dass auf der Landstraße nach Venne, Ostercappeln oder nach Leer so wenig Verkehr herrschte. Sein Fahrstil in der Stadt wurde oft zur Katastrophe. Einige der groben Fehler habe ich behalten. Ich war zehn Jahre alt und wir fuhren mit dem Wagen nach Osnabrück zum Einkaufen. Für uns vom Lande war es eine Großstadt. Auf dem Wittekindsplatz bog er auf der vierspurigen Straße nach links ab, überfuhr zwei durchzogenen Linien, um in die Seitenstraße zu gelangen. Ein Polizist hatte das gesehen und hielt ihn an: »Hören Sie, Sie dürfen hier nicht links abbiegen. Sie müssen bis zur Kreuzung und dann zurück.« Mein Vater zeigte sich uneinsichtig: »Wieso, ich muss aber doch da in die Straße rein!« Der Polizist sah auf seinen Führerschein und erkannte, woher wir kamen. Er winkte ab und ließ uns weiterfahren.

Vater merkte selbst, dass er nicht der beste Fahrer war. Daher machte Mutter 1937 auch ihren Führerschein. Der Fahrlehrer war der Meinung, sie würde weit besser fahren, als ihr Mann. So fuhr sie dann mit dem Wagen für die Besorgungen nach Venne, Ostercappeln und auch nach Osnabrück.

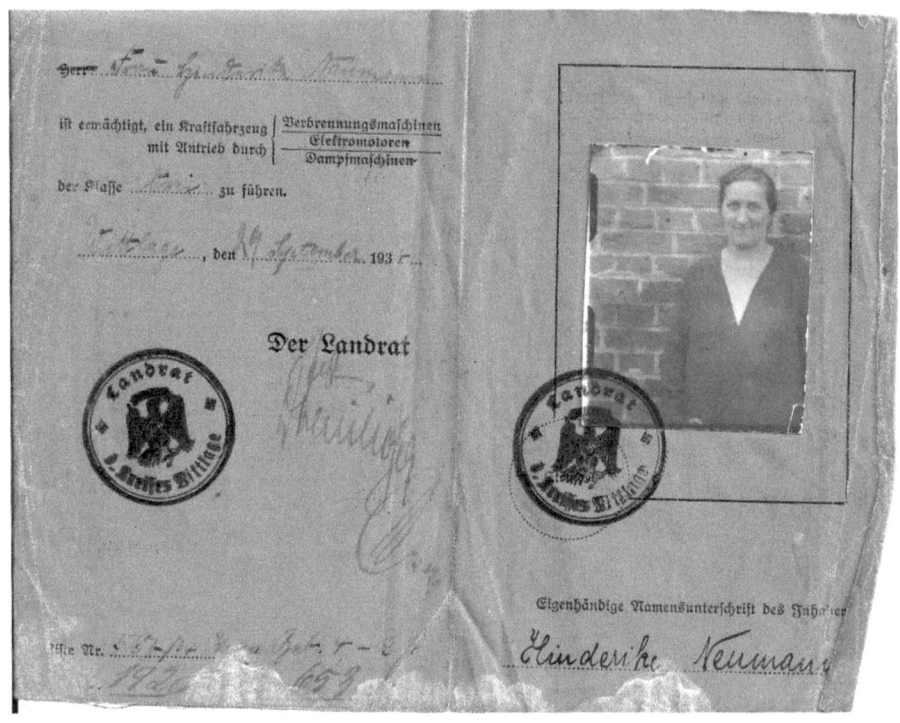

Führerschein Ricki 1934

Nach Leer

Auf der Fahrt nach Leer machten wir zwischen Rheine und Lingen in einem kleinen Ort Tankstopp bei Bernd Rosemeyer. Der war zu der Zeit ein so berühmter Rennfahrer, wie bei uns Vettel oder Schuhmacher. Er hatte eine für die Zeit moderne Tankstalle mit elektrischer Pumpe und Bedienung. In Venne gab es an der Tankstelle lediglich ein Benzinfass mit Handpumpe, die man selbst bedienen musste. »So wird in Zukunft jede moderne Tankstelle aussehen«, war Vaters Meinung.

Nach Leer führte damals nur eine Landstraße und die war ziemlich schmal. Vater machte oft auf die Gefahren aufmerksam »Kuckt mal den Baum an. Da ist einer der Raser draufgefahren!« Er selbst fuhr auch auf gerader Strecke nie schneller als sechzig Kilometer pro Stunde. Die Fahrt wurde somit zur Tagesreise und wir mussten zweimal Pause machen. Raststätten mit Toiletten gab es natürlich nicht. »Pinkelpause« hieß, ab in die Büsche. Mutter machte den Fehler, vorher ihre Handtasche auf das Autodach zu legen. Beim Einsteigen dachte sie nicht mehr daran. Wir fuhren los und sie bemerkte das Fehlen erst nach fünf Kilometern. Einen großzügigen Wendeplatz zu finden kostete Vater zusätzliche Kilometer. Weit vor der Stelle, an der wir Pause gemacht hatten, musste ich aussteigen und neben der Straße herlaufen und suchen. Vater fuhr langsam voran. Dann sah ich die Tasche auf dem Seitenstreifen im Gras liegen. »Es wird nichts mehr auf das Autodach gelegt.« Die Anweisung hat auch heute für mich noch Gültigkeit.

In den Hafen

Noch bevor wir bei der Ankunft Großeltern und Tanten begrüßten, rannten wir Kinder in Leer zum Hafen. Es war interessanter, nach den vielen Schiffen zu kucken, die dort lagen. Mein Bruder Hans war der Neugierigste und beugte sich tief vor, um alles erkennen zu können. Wieder einmal übte das Wasser auf ihn eine große Anziehungskraft aus. Schwupps, fiel er vom Steg geradewegs ins Hafenbecken. Pitschnass in seinen Sonntagskleidern für die Anreise erschien er bei Oma in der Wirtsstube.

Meine Tante: »Oh Gott, Hans ist ins Wasser gefallen!« Vater ganz stolz: »Das ist nicht weiter schlimm, meine Kinder können alle schwimmen.« Das stimmte zwar, doch stolz durften nur wir sein. Das Schwimmen hatten wir uns gegenseitig beigebracht.

Haare auf den Zähnen

Meine erste Erinnerung an Leer reicht bis zum Alter von drei Jahren zurück. Oma nahm mich bei der Ankunft auf ihren Schoß und knuddelte mich ausgiebig. Ich hatte jedoch nichts Besseres zu tun, als mit den Fingern in ihrem Mund zu fühlen. »Junge, was willst du immer mit den Fingern in meinem Mund!«

»Oma, ich will nur wissen, ob du wirklich Haare auf den Zähnen hast?«

»Das hat dir Hans gesagt!«

Ich konnte nicht anders und musste nicken. Irgendwann hatten wir Kinder Vaters Worte aufgeschnappt und sie wörtlich genommen.

Kerli um 1927 (Foto Atelier Jüchter, Leer)   Gasthof zur Leda

Schnaps

In Leer hatte ich auch viel mit dem Großvater zu tun. Ich hatte mein Schlafzimmer neben seinem. Morgens rief er: »Berta, Lena, Henni, upstaan!« Danach ging er in die Wirtschaft und trank ein Glas Wasser. Später kam ich dahinter, dass er sich schon früh den ersten Schnaps genehmigte. Dann verzog er sich in seinen Garten, der ungefähr einen Kilometer entfernt lag. Dorthin ging ich oft mit.

Die Stadt Leer war für uns Kinder interessant. Vor der Gastwirtschaft der Großeltern lagen der Rathausplatz und direkt dahinter der Hafen. Früher war der viel belebter als heute. Dort lagen an den Stegen und der Hafenmauer die Kähne beladen mit Holz, Torf oder sonstigen Handelsgütern. Die Fischer lagen an der Seite gegenüber. Die Schiffer verkehrten regelmäßig in der Gaststube und erzählten spannende Geschichten von ihren Fahrten.

Leer Wochenmarkt (Historische Aufnahme im Besitz des Autors))
Das weiße Haus links in der Mitte ist das Gasthaus zur Leda

Glasfußboden
Ich schlief nachts neben dem Schlafzimmer der Großeltern in einem sehr kleinen Zimmer. Zu meiner Zeit gab es dort schon elektrische Beleuchtung, zu Zeit der Errichtung der Gaststätte noch nicht. Im Fußboden waren deshalb dicke Milchglasscheiben eingesetzt, die das Licht

des darunterliegenden Schankraumes durchscheinen ließen. Dort brannten bis spät abends immer mehrere Petroleumleuchten. So wurden die kleinen Räume darüber gleichzeitig ein wenig mit beleuchtet. Ein Zimmer hatte eine Geheimtür zum Nachbarraum. Dazu musste der Schrank an der Wand geöffnet werden. An der Rückwand gab es eine weitere Tür, die Zugang zum Kleiderschrank im Nachbarzimmer ermöglichte. Das fand ich spannend und wollte wissen, wozu das gut sei. Niemand rückte mit der Sprache heraus. Zu der Zeit war es problematisch, Unverheirateten ein Zimmer zu vermieten. Aber mit so einer Geheimtür kam ein Pärchen dann doch noch zusammen.

(Anm.: Der Kuppeleiparagraf besaß noch bis 1973 Gültigkeit)

Dicke Backen

Ich war gerne bei meiner Oma in Leer. Im nächsten Jahr wurden es die gesamten sechs Wochen der Schulferien. In der Gastwirtschaft gab es immer gutes Essen. Opa ging morgens regelmäßig zum Fischwagen und besorgte einen Eimer Krabben, frische Aale oder sonstigen Fisch. In der Küche des Gasthauses mussten die Dienstmädchen die Speisen vorbereiten. Dort habe ich oft gesessen, hörte zu, was geredet wurde und aß dabei. Nachmittags verwöhnte mich Tante Anni, die jüngere Schwester meiner Mutter. Für zwei Reichsmark musste ich beim benachbarten Konditor Törtchen einkaufen. So etwas kannte ich nicht, weil bei uns alles selbst gebacken wurde. Durch das üppige Essen wurde ich in den Ferien so dick, dass die Augen durch die feisten Wangen zugewachsen waren. Als die Eltern mich abholten, erkannten sie mich nicht wieder und erschraken. Ich hatte aber kein schlechtes Gewissen, sondern sehnte schon die nächsten Schulferien herbei.

Oma Gerke und Kerli

Edi und Jonny

Onkel Edi in Leer war Tabakgroßhändler und hatte drei Kinder. Seine Tochter Hanna war in meinem Alter und mit ihr hatte ich in den ersten Ferien schon gespielt. Neben dem Tabakgeschäft befand sich ein Teeladen »Bünting Tee«. Vater versorgte sich dort vor jeder Abreise bis zum nächsten Jahr mit dem echten ostfriesischen Tee. In Broxten wurde in der Familie nur dieser Tee getrunken.

Tante Anni ging mit uns oft zum Fotografen in der Stadt. Das Geschäft nannte sich Atelier Jüchter und sie machten dort die besten Fotos. Schon als Kind hatte er uns fotografiert. Weil wir ihn so lange kannten, sagten wir Onkel Jonny zu ihm. Anni bekam als Stammkundin Sonderpreise und zahlte alles. Jedes Jahr wurden neue Aufnahmen gemacht und oft hingen Kinderbilder von uns als Werbung für sein Geschäft im Schaufenster.

Tante Anni und
Kerli in Leer

Salem

Von Onkel Edi bekamen wir Jungs Mützen geschenkt »Salem ist die beste
Zigarette«. Die setzten wir stolz auf der Rückfahrt auf. In Lingen wollte
Mutter kurz auf dem Markt einkaufen. »Damit wir etwas zu Essen haben,
wenn wir zu Hause sind!« Wir Kinder hatten den Schalk im Nacken. Vater
fuhr im Auto grundsätzlich nur mit Hut. Mutter trug einen Damenhut der
damaligen Mode. Ganz vorsichtig bekamen sie von uns zusätzlich die
»Salem ist die beste Zigarette«-Kappe oben draufgesetzt. Damit liefen sie
eine halbe Stunde über den Markt und kauften an den Ständen ein.

Erst beim Einsteigen fiel Vater die Zusatzmütze herunter und er sah
nach. »Du hast ja auch so ein Ding auf dem Kopf. Jetzt weiß ich auch,
wieso die Leute uns immer so angelacht haben. Keiner von denen hat was
verraten! Wer von euch war das? Zuhause könnt ihr euch auf eine
ordentliche Tracht Prügel gefasst machen!«

Doch angekommen war er froh, dass die Fahrt glücklich verlaufen war.
Unser Streich war längst vergessen.

10: Politik

Verschiedene Interessen

Wir Jungs interessierten uns nicht für Politik. Meine Freunde, die Kinder von den Nachbarn oder die Söhne von den Bauern hatten ebenfalls andere Interessen: Wir spielten Fußball. Aber wir kamen mit den Bewegungen der Zeit in Berührung und wurden durch die herrschende Stimmung angesteckt.

Auch Vater war nie ein überzeugter Nazi, er war mehr Sozialist und Vorsitzender des Vereines für Kriegsopfer aus dem Ersten Weltkrieg. Daraus wurde später die Nationalsozialistische Volksführsorge und er musste doch in die NSDAP eintreten. Ab 1933 wurde die Armut in Deutschland geringer. Kamen vorher oft dreimal am Tag Bettler, meist Arbeiter aus dem Ruhrgebiet, so wurde das immer weniger.

Selbst die gutmütige Tante Anna, die keine politische Meinung hatte, schob den Erfolg auf Hitler. »Gott sei Dank. Dann ist das mit der Not in Deutschland wohl bald vorbei.«

Saarland

1935 wurde im Saarland eine Volksabstimmung abgehalten. Die Wähler dort hatten drei Möglichkeiten: Zu Deutschland, zu Frankreich, oder den »Status quo« beibehalten. Über neunzig Prozent stimmten für die Vereinigung mit Deutschland. Das Ergebnis wurde bei uns auf dem Dorf groß gefeiert. Wir bekamen sogar einen Tag schulfrei, also musste es ein bedeutendes Ereignis sein.

Sonst holte Mutter immer morgens die Milch, an dem Tag wurde ich geschickt. Der Bauer fragte: »Brauchst du heute nicht zur Schule?« Die Euphorie über das Ergebnis im Saarland hatte auch mich ergriffen. »Das Saarland ist wieder deutsch geworden. Wir sollen das feiern und uns darüber freuen!« Der Bauer blieb skeptisch und hatte andere Sorgen: »Junge, du weißt doch noch nicht einmal, wo das Saarland liegt. Außerdem, was geht uns das hier auf dem Land überhaupt an?« Ich war maßlos enttäuscht, dass es Menschen gab, die sich über ein so wichtiges Ereignis nicht freuen konnten. Die Bewohner der Gegend scherten sich mehr um ihre Kühe als um Politik. Die Heuerleute in Broxten waren selten Mitglied der NSDAP, da sie gegenüber den größeren Bauern in Venne keinen Vorteil darin sahen. So ersparten sie sich auch die Beiträge.

Rauchen

Die ersten Kontakte mit den Nationalsozialisten waren eher neugieriger Natur. Es gab ja auch Interessantes zu erleben.

Sonntagmorgens übte die SA aus Venne auf dem Schulhof Exerzieren. Einige von ihnen hatten Uniformen, andere kamen ganz unmilitärisch in Zivil. Sie wurden von einem ehemaligen Feldwebel der Wehrmacht ausgebildet. Bevor alle eingetroffen waren, rauchten sie entweder Zigarren oder Stumpen, eine kurze Zigarre. Zigaretten gab es weniger, sie kosteten deutlich mehr. Rief der Feldwebel: Achtung! Alle Mann antreten!«, legten sie die Reste auf der Fensterbank der Schule ab.

Wir Kinder kuckten beim Marschieren oder Salutieren zu und machten ihre Übungen nach. An dem Tag waren die halb abgebrannten Stumpen auf der Fensterbank wichtiger. Natürlich konnten wir uns nicht verkneifen, die zu stibitzen und im Versteck zu rauchen. Mir wurde davon so übel, dass ich mich den ganzen Nachmittag übergeben musste. Als Folge habe ich bis zum Alter von zweiundzwanzig Jahren nie wieder geraucht.

Fußball

Man hatte mich gefragt, ob ich eine offizielle Fußballmannschaft zusammenstellen könnte. Das war natürlich eine Ehre und Herausforderung, da wir ohnehin ständig Fußball spielten. Dazu musste ich im Alter von zwölf Jahren dem Jungvolk beitreten. Ich bekam sogar den Dienstgrad Hordenführer. Nur in dieser Organisation war es möglich, offiziell als Mannschaft zu spielen. *(Anm.: Der DFB wurde 1934 in den Deutschen Reichsausschuss für Leibesübungen eingegliedert.)* Dann durfte ich die sportlichsten Jungs aus der Gegend aussuchen und sie fragen, ob sie mit in den Fußballverein wollten. Ich war einer der wenigen, der richtige Fußballschuhe besaß. Die übrigen spielten dann in ihren Halbschuhen. Trotzdem wurden wir die stärkste Fußballmannschaft im Großkreis. Wir schlugen die Mannschaften aus den Orten Osnabrück, Haste, Eversburg und Bohmte.

Die größeren Jungs aus Osnabrück, meist Schüler der Gymnasien, waren sauer auf uns. »Die machen ja nichts für das Jungvolk. Die spielen nur Fußball.« Ein Vorgesetzter des Jungvolks mit hohem Rang wollte mich zur Rede stellen und disziplinieren. »Wie siehst du überhaupt aus? Dann noch mit dreckigen Schuhen zur Versammlung erscheinen!«

»Wir haben bis grade Fußball gespielt!«
»Keine Ausrede. Liegestütze. Zwanzig Stück.«

Kerli (Rechts oben) mit Nachbarjungs 1937

Zweimal wurde ich als Leiter der Mannschaft abgesetzt und wieder eingestellt. Sie fanden keinen anderen. Die Söhne der Bauern wollten den Posten auch nicht oder hatten zu wenig Zeit. Als drei wichtige Spieler ausfielen, weil sie auf dem Hof Runkel ziehen mussten, rief ich die gesamte Mannschaft zur Hilfe. Mit zehn Jungs halfen wir dann bei der Rübenernte, nur damit die Söhne mitspielen durften.

Trotzdem blieb es dabei, wir im Jungvolk aus Venne spielten ausschließlich Fußball und hielten uns von allen politischen Aktivitäten fern. Erst mit vierzehn Jahre ging ich am Freitagabend zum organisierten »Heimatabend«. Der eigentliche Anreiz aber war, dass dort auch die Mädchen ihre Versammlung abhielten. Dann gab jemand aus dem Publikum eine Geschichte zu besten. Für die Mädchen gab es eine ähnliche Veranstaltung in einem getrennten Saal. Danach trafen wir uns mit ihnen regelmäßig im Freien und bald hatte jeder von uns eine Freundin. In dem Alter reichte das aber nur für Streichelei oder ungeübte Küsschen. Aber genau das zog uns immer wieder zum Heimatabend.

Die SA

Als ich acht Jahre alt war, fiel uns auf dem Bürgersteig der Brücke ein mit Farbe aufgemalter Spruch ins Auge.
»Wählt Liste 3, die Kommunistische Partei Deutschlands«.

Stimmzettel 1933 (aus Wikipedia)

Reichstagswahl 1933
Wahlkreis Potsdam II

1	Nationalsozialistische Deutsche Arbeiter-Partei (Hitler-Bewegung) Hitler — Dr. Frick — Göring — Dr. Goebbels	1	○
2	Sozialdemokratische Partei Deutschlands Künstler — Dr. Löwenstein — Heinig — Frau Runert	2	○
3	Kommunistische Partei Deutschlands Thälmann — Ulbricht — Wahlen — Grothe	3	○
4	Deutsche Zentrumspartei Dr. Brüning — Dr. Krone — Schmitt — Bernoth	4	○
5	Kampffront Schwarz-weiß-rot Dr. Hugenberg — Steinhoff — Frau Lehmann — Timm	5	○
7	Deutsche Volkspartei Dr. Croh — Frau Dr. Matz — Lüdecke — Gemmel	7	○
8	Christlich-sozialer Volksdienst (Evangelische Bewegung) Behrens — Weinschle — Fräulein Wolf — Pies	8	○
9	Deutsche Staatspartei Dr. Schreiber — Kolosser — Frau Dr. Lüders — Dr. Goepel	9	○
10	Deutsche Bauernpartei Professor Dr. Fehr	10	○
12	Deutsch-Hannoversche Partei Meyer — Brede — Meier — Kalter	12	○
15	Sozialistische Kampfgemeinschaft Erbmann — Schmidt — Hoppach — Renning	15	○

Im Wahljahr 1933 waren die Sozialdemokraten und die Kommunisten die Erzfeinde der Nazis. Obwohl sogar die Kommunistische Partie offiziell zur Wahl zugelassen war, ging sie SA erbarmungslos gegen sie vor. Als der Spruch in Venne gemeldet wurde, pinselten sie ihn mit Farbe über.

Unten auf dem Kanal lag schon mehrere Tage ein Schiff aus Holland. Die SA Leute brachten unberechtigterweise die Schiffer mit dem Spruch auf dem Bürgersteig in Verbindung. Es war das erste Mal, dass ich Zuschauer ihrer Gewalttaten wurde. Die SA-Mannschaft sprang auf das Schiff und verprügelte die gesamte holländische Besatzung, ohne dass es einen Beweis gegeben hätte.

Die wussten überhaupt nicht, wie ihnen geschah und sie legten nach dieser Prügelei sofort ab.

Vater war erbost und schimpfte. »Das ist eine Riesensauerei, was die da gemacht haben.« Mutter musste ihn beschwichtigen, damit sich seine liberale Haltung im Venne nicht herumsprach. Sie hatte damals schon Angst.

Judenverfolgung

In Venne war Knappersbusch der Führer der SA. Vater hielt nicht viel von ihm, spendete jedoch fünfzig Reichsmark für einen Bus, mit dem allgemeine Fahrten von Venne nach Osnabrück organisiert wurden.

Wir fuhren später auch mit diesem Bus nach Osnabrück zum Einkaufen. Dort bekamen wir eines Tages mit, wie die SA gegen Judengeschäfte vorging. Sie klebten Plakate vor die Schaufenster, holten die Besitzer heraus und verprügelten sie.

Auf der Rückfahrt beschwerte sich Vater heftig über das Vorgehen der SA. »Es ist eine Schande, was ihr da mit den Juden macht. Ich hab das beim Kaufhaus Alsberg gesehen. Das ist unerhört!«

(Anm.: Das Kaufhaus wurde im November 1935 «arisiert» und von den Kaufleuten Friedrich Lengermann und Alfred Trieschmann als Konfektionshaus Lengermann und Trieschmann geführt.)

Wir saßen mit Mutter hinten im Bus. Ich sah, wie sie weinte. »Mutter, warum weinst du?«

»Hans redet sich um Kopf und Kragen. Der Knappersbusch ist SA-Führer. Wenn der ihn anzeigt, kommt Hans ins Gefängnis. Bei seiner schlechten Gesundheit übersteht er das keine zwei Tage.« Vorne schimpfte Vater weiter über das, was er in Osnabrück gesehen hatte. Meine Mutter musste bremsen: »Hans, halt endlich den Mund!«

Aber Knappersbusch hat ihn nicht angezeigt. Mein Vater stand bei der Bevölkerung in hohem Ansehen. So ist alles gut verlaufen.

Reichserntedankfest

Am 1.10. 1933 fand in Bückeburg das erste Reichserntedankfest statt und Hitler wollte auch kommen. Also sollten wir vom Jungvolk mit Knappersbusch als Fahrer im Bus dort hin. Ich habe Hitler jedoch nicht gesehen, weil ich zu weit hinten stand. Außerdem musste ich dringend pinkeln. Die Toiletten waren völlig überlaufen, deswegen wollte ich ganz zurück in die Büsche. Danach habe ich die Venner Gruppe nicht wiedergefunden. Es gab mehre hunderttausend Besucher auf dem Festplatz. Alles war unübersichtlich und ich war froh, als ich unseren Bus entdeckt hatte. Bei mir hinterließ das große Reichserntedankfest einen schlechten Eindruck: zu viele Menschen und keine Toiletten.

Ende der SA

Wir fuhren mit Knappersbusch noch oft zu verschiedenen politischen Veranstaltungen. Eine davon wurde die letzte mit ihm als Fahrer, denn auf der Rückfahrt wurden wir angehalten. Es war die SS in schwarzen Uniformen. Es war der Tag des Röhm-Putsches. Knappersbusch hatte davon noch nicht erfahren und erkannte den Ernst der Lage nicht. Vater saß vorne neben ihm und hörte, wie er den SS- Leuten stolz berichtete: »Ich habe von Röhm den Ehrendolch bekommen!« Vater stieß ihn in die Seite. »Halt die Klappe! Hier geht etwas vor. Besser du sagst nichts mehr, bis wir erfahren, was los ist!« Knappersbusch stand jedoch nicht auf der

»Reichsliste« der als gefährlich angesehen SA-Führung. Der Tag bedeutete das Ende für die SA. Zahlreiche Mitglieder wurden erschossen, die SA aufgelöst oder in die SS überführt. Knappersbusch selbst passiert nichts, aber seine Funktion in Venne wurde nach diesem Ereignis bedeutungslos.

Heldengedenktag

Der fünfte Sonntag vor Ostern wurde zum Heldengedenktag ernannt. Dann hielt Vater auf dem Platz vor der Kirche eine Rede. Das ganze Dorf war versammelt. In Pimpf-Uniform habe ich ein Gedicht aufgesagt. Ich kann es noch heute.

»Mögen Jahrtausend vergehen
So wird man nie von Heldentum reden noch sagen dürfen
...«

Ich habe es einfach nur aufgesagt und war stolz, dass ich es fehlerfrei hinbekam. Über den wahren Sinn machten wir uns wenig Gedanken. Später erst habe ich erfahren, dass es Stellen aus Hitlers »Mein Kampf« waren. Das Buch stand in fast jedem Haushalt. Gelesen wurde es deswegen noch lange nicht.

11: Schulisches und Umzug

Gymnasium

Mit zehn Jahren kam ich nach Osnabrück auf das Gymnasium. Das war ein Verdienst des Schulrats. Weder ich noch mein Vater hatten das jemals in Erwägung gezogen. Mein Berufsziel war Landwirt, eventuell mit eigenem Hof.

Doch der Schulrat setzte sich bei Vater durch: »Der Junge ist intelligent. Seine Aufsätze sind hervorragend.« Leider hatte ich eine leichte Form der Legasthenie, ich verwechselte Buchstaben. Außerdem hatte ich die Rot-Grün- Farbenschwäche. Auf der Landkarte konnte ich Grenzen, Straßen oder Flüsse nur schwer unterscheiden.

Um nach Osnabrück aufs Gymnasium zu kommen, musste ich morgens um halb sechs aufstehen. Ich bekam ein neues Fahrrad, mit dem ich die vierzehn Kilometer nach Ostercappeln zum Bahnhof fahren konnte. In Osnabrück galt es dann, noch drei Kilometer bis zum Ernst-Moritz-Arnd-Gymnasium zu laufen. Insgesamt benötigte ich für einen Weg eineinhalb Stunden.

Jeden Morgen kam ich wegen der schlechten Zugverbindung zehn Minuten zu spät zum Unterricht. Da verpasste ich einiges. Erschwerend kam hinzu, dass wir auf unserer Schule nur die Sütterlinschrift gelernt hatten. »Ach, das ist für dich kein Problem, das lernst du schnell!«, meinte Vater. Noch lange brachte ich beim Schreiben Sütterlin-Buchstaben mit hinein. Das wurde jedes Mal als Fehler angekreidet. Aufsatz gut, Rechtschreibung mangelhaft. Damit blieb ich schon im ersten Jahr sitzen. In Naturkunde und Sport war ich immer gut.

Im nächsten Jahr hatte ich zwei längere Ausfälle. Nach einer Mandelentzündung wurden meine Mandeln ambulant in der Arztpraxis gekappt. Da hatte ich viel Blut verloren und war mehrere Wochen krank. Unter den falsch behandelten Mandeln leide ich heute noch. Kaum war ich gesund, brach ich mir beim Fußball die Hand.

Schülermütze

Von dem Schulweg ist mir noch ein Vorfall im Zug in Erinnerung geblieben. Ich saß oft mit Schülern aus Ostercappeln und Venne zusammen im Abteil. Dort scherzten und rangelten wir. Dabei flog einem Mitschüler die Mütze aus dem offenen Fenster. Er bekam sie nicht wieder und ich sollte ihm eine neue bezahlen. Schülermützen waren an den Gymnasien Pflicht und ich hatte meinen Fehler eingesehen. »Ja, ich bring dir das Geld mit!« Zu Hause traute ich mich jedoch nicht, das zu erzählen, und schob es immer wieder auf. Dumme Streiche hatte ich schon oft angestellt. Aber diesmal sollte er Geld kosten. Das wagte ich nicht zu beichten.

Eines Tages steht der Freund bei uns vor der Tür: »Ich möchte das Geld für die Mütze abholen!« Ich wusste mir nicht zu helfen und musste ihn loswerden, bevor meine Eltern dazukamen. Also rannte ich in die Küche. Ich kannte das Versteck, wo Mutters Portemonnaie für Kleingeld lag. »Drei Mark, das sollte reichen.« Es war das einzige Mal, das ich gestohlen habe. Mutter war der Meinung, noch Geld im Portemonnaie gehabt zu haben und fragte uns. Keiner wusste davon.

Das hat mich noch lange im Traum verfolgt. Ich hatte mir geschworen, so etwas nie wieder zu machen.

Vergrößerungen

Die Schülerzahl stieg an, eine zweite Klasse und ein zusätzlicher Lehrer waren nötig. Die Diele wurde zum Klassenraum umfunktioniert. Der ehemalige Dachboden, auf dem das Heu und Stroh lagerte, wurde als Lehrerwohnung ausgebaut. Hinter dem Haus entstanden Waschräume und Toiletten für Lehrer und Schüler. Dann gab es einen der wenigen Versuche, hier im Moor einen Keller zu errichten. Es war erfolglos, er stand immer unter Wasser.

Hausbau

Vater wurde nach neunzehn Dienstjahren frühpensioniert. Danach stand uns die Lehrerwohnung nicht mehr zu. Sein Plan war, in Schwagsdorf ein Haus bauen. Er hatte auch schon einen Bauplatz gekauft. Die Baupläne für das Haus besitze ich heute noch. Es bekam Zuschüsse als Kriegsverletzter und zusätzlich als pensionierter Lehrer.

Doch dann kam plötzlich ein Einspruch vom Kreis. Eine neue Reichsstraße sollte genau dort verlaufen, wo sich der Bauplatz befand. Vater war immer schon emotional und überraschte dann mit vorschnellen Entschlüssen. »Jetzt habe ich die Schnauze voll! Wir mieten uns erst einmal ein Haus.« Dann sahen wir uns verschiedene Wohnungen an und ich durfte dabei sein.

Pente

Letztendlich wurde es im Herbst 1938 ein Haus in Pente. Das habe ich später gekauft und wohne noch heute dort. Vater gefiel das Haus besonders, weil es genügend Platz für Ställe bot. Onkel Hartmann half beim Umzug. Zweimal fuhr er die zweiundzwanzig Kilometer lange Strecke mit dem Pferdegespann und Wagen und brachte unsere Möbel. Vater hatte vor, eine Hühnerzucht im größeren Stil aufzuziehen. Ein Zimmermann baute fünf Hühnerställe mit Stangen, Leitern und Böden aus. Dann kaufte er fünfzig Küken. In Pente war für mich dann Schluss mit dem Gymnasium in Osnabrück. Es war noch schlechter zu erreichen und ich würde aufgrund der Fehltage ohnehin ein weiteres Mal sitzen bleiben. Also musste ich in Pente noch einige Monate zur Volksschule, um im April 1939 den Hauptschulabschluss zu bekommen.

Lehre

Danach organisierte Vater für mich die Ausbildung. Der Bürgermeister in Pente hatte Verwandte in Benthausen bei Braunschweig, die dort einen großen Bauernhof besaßen. Dort fing ich, gerade vierzehn Jahre alt geworden, als Lehrling für Landwirtschaft an. Die Ausbildung zum Landwirt klang für mich interessant. Sollte sich damit mein Traum erfüllen und ich später einen eigenen Hof leiten können? Doch es kam anders. Am 31. August 1939 begann mit dem Angriff auf Polen der Zweite Weltkrieg. Das brachte das Leben auf dem Hofe, an dem ich die Lehre machte, völlig durcheinander. Die jüngeren Männer wurden eingezogen. Anstelle einer ordentlichen Ausbildung erwartete mich harte Arbeit. Überall fehlte es an Arbeitskräften. Der erwartete »Blitzkrieg« zog sich hin. Im Alter von achtzehn Jahren wurde auch ich Soldat und musste in den Krieg.

Aber das ist eine ganz andere Geschichte.